SHANGHAI LITERATURE & ART PUBLISHING GROUP

故事会
精品系列

历险故事

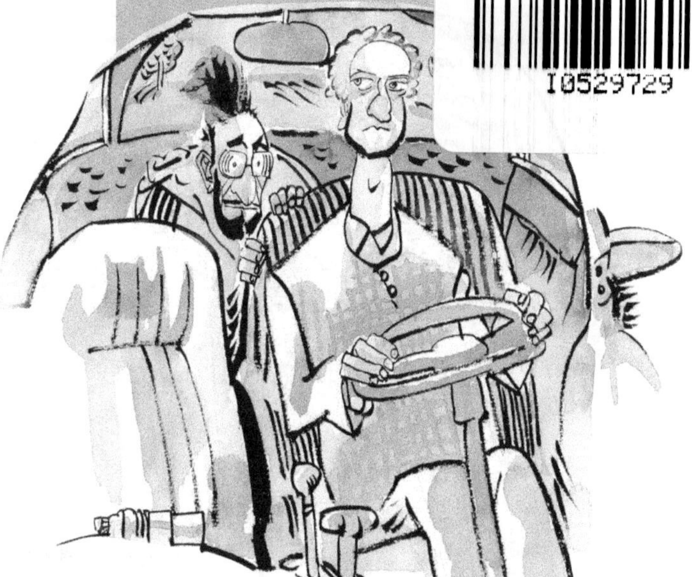

上海锦绣文章出版社
上海故事会文化传媒有限公司

上海文艺出版（集团）有限公司

图书在版编目(CIP)数据

历险故事 《故事会》编辑部编 – 上海：上海锦绣文章出版社
（故事会精品系列） ISBN 978-7-5321-1616-4

Ⅰ.①历…Ⅱ.①故…Ⅲ.①故事 作品集 中国 当代 Ⅳ.I247.8

中国版本图书馆 CIP 数据核字 (2003) 第 012179 号

丛 书 名：故事会精品系列

书 名：历险故事

主 编：何承伟

编 委：何承伟 吴 伦 姚自豪 夏一鸣

责任编辑：刘迎曦 鲍 放

装帧设计：王 伟

责任督印：张 凯

出 版： 上海锦绣文章出版社

上海故事会文化传媒有限公司

POD 海外发行： 中国图书进出口上海公司

电话：021-36357888

传真：021-36357896

地址：上海市虹口区广中路 88 号

邮编：200083

海外 POD 发行版本

 上海故事会文化传媒有限公司 出品 (00246) www.storychina.cn

STORIES

目　　录

临危不惧

恐怖的脚步声 ………………………………… 2

九龄童斗狼 …………………………………… 12

人蚁大战 ……………………………………… 17

枪响之后 ……………………………………… 23

急中生智

密林中的较量 ………………………………… 27

獾子洞决斗 …………………………………… 31

爆竹轰群狼 …………………………………… 38

王二嫂遇贼 …………………………………… 43

杀机四伏

山凤遇险记 …………………………………… 47

恐怖的邮局 …………………………………… 53

恶熊吃色狼 …………………………………… 59

逃出匪窟 ……………………………………… 64

歧途悲歌 ……………………………………… 72

怪诞显奇

会动的棺材盖 ………………………………… 83

商人失踪 ……………………………………… 88

田野奇事 ……………………………………… 93

危难见情

九响连环鞭 …………………………………… 97

悬崖父子情 …………………………………… 103

无名岛杀手 …………………………………… 109

夜走鬼谷 ……………………………………… 116

险中出趣

李哆嗦三斗熊瞎子 ………………………… 128

逃走的尸体 ………………………………… 134

大嗓门救人 ………………………………… 140

人命关天 …………………………………… 145

临 危 不 惧

勇气是在每天对困难的顽强抵抗中养成的。

恐怖的脚步声

　　三十多年前一个深秋的早晨，有一艘"莱姆"号商船慢慢地驶进了西欧某个国家的港口。老船长把全船几十名水手聚集到甲板上，严肃地说："大家注意了，本船是第一次来这座城市，但由于时间紧迫，只能呆上一天就得启航。现在是早晨九点，明天这个时候，准时出发。"

　　老船长话音刚落，船员们就赶紧梳洗整理，三三两两上岸游览、买东西去了。

　　其中有一对好朋友，一个叫杰克，一个叫哈利斯，他们两个上了岸，转了几个弯，突然，看见前面马路上围着一群人，正在看一样什么东西。看的人虽然很多，但看完以后都耸耸肩，摇摇头，走了。他俩感到稀奇，走过去一看，原来墙上贴着一张纸，上面写着有一个叫克劳迪的人,提出要与任何一个大胆的人打赌。说在离这座城市三十英里的地方,有一个叫三星岛的岛屿,这个岛上虽然有一座三层楼的别墅,但却没有人敢去过夜。谁敢上这岛上去探险,并能直的进去、直的出来,平安地度过一夜,那么克劳迪愿意拿出一万美金作为报酬;如果遇难,则不负任何责任。谁敢去,请到 M 大街 97 号 503 室面洽。

杰克看完,低头沉思起来。哈利斯知道杰克胆大出奇,怕他冒险,就催促他说:"走吧! 没有什么好看的。即使再大的好处,也没有咱们的份! 不要忘了明天早晨九点启航!"可杰克还是对着那张纸又从头到尾读了一遍,在哈利斯的再三催促下,才勉强离开,走一步,还要回过头来看上一眼。

来到一家酒馆门前,两人走了进去。酒过三巡,杰克突然把酒杯朝边上一挪,说:"哈利斯,你是我最好的朋友,我有一件事要跟你商量。""什么事?""我想到三星岛上去闯一闯!""什么?"哈利斯吃惊地张大嘴巴望着杰克,说,"不行,你千万不能冒这个险。你想,这个克劳迪愿意拿出一万美金打赌,说明这事情必定凶多吉少! 你不能去,你要是去了,你妈妈知道……"哈利斯说到"你妈妈"三个字,杰克"噌"站起来,"砰"一拍桌子,大声呵斥:"不要说了!"哈利斯见老朋友突然发这样大的火,心里一震,但马上想到了刚才在船上杰克跟自己说起的一番话。

原来,杰克家里只有他和他母亲两个人,靠杰克给人家做些杂活过日子。最近他母亲突然生了一场重病,杰克借了高利贷,才把母亲送进了医院。为了还债,杰克在朋友的帮助下,上船做了水手,远离亲人,漂泊四海。哈利斯猜到了,杰克要去三星岛,是为了能拿到一笔钱,还掉债务,好回到他母亲的身边。可眼下,怎么能眼睁睁地看着朋友往虎口里跳呢? 哈利斯急得眼泪都流了下来。

这时,杰克走到他身边,说:"好朋友,不要怕,世上没有魔鬼,你就让我去吧。假如我活着出来,一半钱还债,还有一半我送给你家里;如果真的死在那里,那么,就请你像儿子一样赡养我的母亲。"哈利斯知道,事到如今,是再也没有办法劝阻杰克了,两人痛苦地拥抱、告别。

再说杰克拿了这张纸,照着上面写的地址,来到了 M 大街 97 号,他见 503 室门关着,按了一下电铃。门开了,一个戴着金丝边眼镜、样子挺斯文的中年男子出来迎接他,一见他手上那张纸,赶紧说:"噢,请进来坐吧。"杰克刚坐下,那人就说了:"我就是克劳迪。你叫什么? 今年几岁了?""我叫杰克,今年 20 岁。""噢,年轻人,敢拿下这张纸,了不起呀! 不过,这三星岛非同一般,杰克先生年龄还小,要是发生……这个,岂不可惜! 所以,我请你多考虑考虑,现在还来得及呀!"杰克听到这里已经不耐烦了:"不要说了,我既然来了,就这样定了。""不,年轻人,不要那么自信! 你先到隔壁休息一下,再考虑考虑。如果定了,那么吃了晚饭,我就送你去;不定,还可以回去。"

杰克来到休息室,不免前前后后地思考起来。想到那叫人捉摸不定的三星岛,心里不由得也产生了一种恐怖感,但再一想到在病床上呻吟的母亲,想到那一身债务,动摇的念头又被他打消了。到了吃晚饭的时候,杰克又被带到了克劳迪的办公室。

克劳迪为他准备了一桌丰盛的酒菜,一边请他坐下,一边说:"杰克先生,考虑好了吗?""没有什么可考虑的了。""噢,尽管这样,作为一个长者,我还想提醒你,曾经有许多身材比你高大、武艺比你高强的人,都没有经受住考验,我看你……"杰克两眼盯住克劳迪,没开口,只是摇了摇头。克劳迪"哈哈哈"一阵大笑,拿出一支枪、三粒子弹,说:"那好吧,既然这样,你就把这东西带上。我是个讲情理的人!"

晚饭以后,克劳迪用车把杰克送到海边,然后两人走上汽艇,直往三星岛开去。在天色将要暗下来的时候,汽艇靠上了小岛。克劳迪对杰克说:"杰克先生,如果你懊悔的话,现在还来得及,我可以用汽艇送你回去,我们就像从来没有见过面一样。"杰克看了看小岛,看了看岛上那幢外表深色的三层楼房,对克劳迪说:"你走吧,明天早晨八点钟来接我。"说完,就朝岛上走去。克劳迪看着他的背影,微笑了一下,接着,驾起汽艇走了。

三星岛不大,不到半个小时,杰克就围着它转了一圈,最后他来到了这幢楼房跟前。院子的铁门开着,他进去以后,随手把它关上了。朝四周一看,院内杂草丛生,有半人那么高,中间一条石子路,直通那幢三层楼房的大门。眼下除了海水的咆哮声、昆虫的鸣叫声以外,没有一点动静,杰克摸出手枪,壮了壮胆子,沿着石子路朝那幢三层楼的房屋走去。

楼房里漆黑一团,伸手不见五指,杰克划了一根火柴,见房内的建筑很讲究,但由于很久没有人居住,雕花的墙上布满了灰尘和蜘蛛网,看上去灰蒙蒙的,加上火柴所产生的微弱光亮,给人一种阴森、可怕的感觉。

杰克踏上了楼梯,一间一间屋子看过去,从一楼到三楼走了一遍,还好,没有发生什么意外的事情。杰克想:今晚在哪一间房屋里过夜呢?他考虑了一下,决定到三楼最高的一间屋子里过夜,那里居高临下,几乎可以看到整个岛上的情况,即使这幢楼发生意外情况,最高处也是最晚受到袭击的。

杰克走进房里,发现一截蜡烛,赶紧把它点上,借着烛光,把屋内又仔细看了一遍。南边是窗,北边是门;书桌上墨水瓶翻倒了,一支蘸水笔还斜插在里面,周围还有许多乱七八糟的纸;再朝墙上一看,靠门的一边,全是一只只血手印;另一边放着一只挂钟,发出"嘀嘀嗒嗒"的声音。杰克一看,已是晚上九点多了,离天亮整整还有八九个小时。天知道,在这八九个小时内会发生什么事情呢?杰克深深地叹了一口气,转过身想把房屋的门关上,刚一推门,不由得又倒抽了一口冷气:门板后面插着一把匕首,露出的半截正发出一闪一闪的寒光,反射到旁边带血印的墙上。显然这里曾经发生过一场搏斗。

杰克握紧了手枪,镇静了一下,他知道只有大胆沉着,才有取胜的可能。他在房里来回踱了几步,就在窗下的沙发上坐了下来,望着波涛汹涌的大海,又想起彼岸正在生病的母亲⋯⋯墙上那只挂钟仍然发出"嘀嗒嘀嗒"的响声,像是陪伴着这位年轻人度过这可怕的一夜。杰克不时地抬头看着它,10点,11点,两个小时过去了,屋里始终没有什么动静,岛上也没有发出什么奇怪的声响,这反而使杰克有点坐不住了。他站了起来,走到书桌前,推开乱纸,见底下有一本像连环画那样的画册,打开一看,大吃一惊:第一页上没有图,也没有文字,是一只鲜血淋淋的大手印! 杰克吓得赶紧闭上了眼睛。可越是不敢看,越是想看,杰克鼓足了勇气,又一页一页地翻了起来。原来,后面画的都是发生在这个岛、这幢楼、这间房子里的事情。

很多年以前的一个夏天,这幢楼房主人的两个女儿带着两个仆人来到这儿避暑。一天,大女儿身体不大舒服,带着仆人回城看病去了,楼房里只留下小女儿和仆人两个人,就住在三楼这间屋子里。到了晚上,墙上这只挂钟"当当当⋯⋯"敲完12响时,突然,传来一阵急促的敲门声,小女儿以为是姐姐回来了,赶紧叫仆人去开门。那仆人下去后,刚把院子的铁门打开,就"啊"惊叫一声,以后便没有声音了。小女儿听到这一声短促的尖叫,又不见人上来,感到奇怪,准备下去看看,还未走出楼房,只听院子外面传来一阵恐怖的脚步声,"咚咚咚⋯⋯"声音像打夯一样,震得整幢楼都微微抖动,一步一步之间相隔的时间足足有十几秒钟。小女儿赶紧抬头朝院子外面看,借着月光,只看到那个黑影朝自己移来,不由得也"啊"惊叫一声,双腿一软,倒在了地上⋯⋯

画册到此为止了,下面是白页,可杰克知道,下面的画面,要由他来画了。

还容不得他多想,这时墙上的挂钟也"当当当……"敲了12响,院子里那扇大铁门,也传来了"笃笃笃"的敲门声。杰克想:不能开门。"嘭嘭嘭",敲门声越来越响,杰克仍然纹丝不动。"砰"又传来一声,显然门被推开了,接着,院内传来了"咚咚咚……"一阵脚步声。杰克想:现在下去必然与对手遭遇,难以脱身! 不知别处是否有出去的地方呢? 他刚想跨出房门,只听那脚步声已移到了楼内,知道来不及了,赶紧回了进来,把门关上,靠着墙,拿着枪,两眼紧紧地盯住那扇门。这时,那个怪物正在一间屋子、一间屋子地搜索,一层楼、一层楼地向上走着。不多一会,他已经走到三楼了,"咚咚咚……"脚步声震得楼梯发出"吱吱吱"的响声,屋内的杰克屏住气,仔细地听着,等待着将要发生的事情。

那个怪物经过隔壁一间屋子后,就来到杰克这间屋子的门口,"笃笃笃"敲了一下,见不开门,就使劲地推了起来。眼看门就要被推开,杰克也不知哪里来的力气,把那张书桌一下搬了过来,顶住了门。可这哪里挡得住,门还是被怪物轻轻地推开了,一只芭蕉扇大小的手掌先伸了进来,接着整个身子朝里走来。杰克沉不住气了,对准怪物的头部"砰"就是一枪,打中了。可怪物不怕子弹,照样朝杰克走来,还未等辨清它的模样,杰克自己已经吓昏了!

当杰克醒来的时候,他已经躺在克劳迪的房子里。他硬撑着坐起来,把手一伸,意思是我虽然吓昏了,可我没有死,我杰克现在还活着,你应该给我钱。可克劳迪却抽着烟,摇摇头,推了推那副金丝边眼镜,说:"杰克先生,我明白你的意思,可我们谁都没有输,谁都没有赢。你虽然活着出来,可你是我们把你抬出来的呀。那张纸上不是写得很清楚吗,要直的进去,直的出来,才能算你胜利。年轻人,算你幸运,逃过了死亡一关,回去吧!"

说完,转身要走。杰克一看表,九点零五分,莱姆号已经起锚出航了,我杰克现在回到哪儿去呀! 他赶紧喊住克劳迪:"你等一等!"克劳迪转过身来,看着他:"怎么啦,年轻人?""我,再想去试一试!"声音虽然很低,但却是那么稳重、深沉。克劳迪已经了解了杰克的脾气,也没有反对,想了一下,点点头,说:"那好吧,勇敢的年轻人,我同意你的要求。可你眼下身体不好,休息一下,明天再去。这几个钱拿着,随便到街上买些什么东西。嘿,要知道,我克劳迪是最讲情理的人!"

杰克没有想到克劳迪这样轻易地答应了自己的要求,他休息了一天,在街上吃了一些东西,还买了一把匕首,插在靴子里,看看时间不早了,就朝 M 大街 97 号 503 室走去。

这次,克劳迪没有劝说杰克不要去,他热情地接待了杰克,看看天色快暗了,就拿出那支枪,又给了他三粒子弹,然后用汽车送他到海边,用汽艇把他送上三星岛。克劳迪对着杰克微微一笑,说:"年轻人,就看你的命运了。说实在的,我也希望你是一个胜利者!"杰克不明白,跟自己打赌的人为啥还要帮自己说话? 可眼下也顾不得想啦,他转身朝岛上走去。

情形和两天前差不多。只是今晚没有月亮,天气沉闷,四周显得更暗,连那条石子路都看不清在哪里。杰克借着火柴的亮光,摸到三楼那间屋子,门虚掩着,推开一看,一切照旧。前天搬动过的那张桌子又回到了原地,墙上那只挂钟仍然发出"嘀嗒嘀嗒"的声音,好像在欢迎杰克这位老朋友。杰克看着它,苦笑了一下,坐了下来,等着它敲 12 响。这次,杰克没有关门,他想:关门也没有用,他把那截蜡烛放到门口走廊上,昨天放在屋里,我在明处,怪物在暗处,我看不清怪物,怪物倒看清我了,所以今天杰克把它放到了走廊上。

等着,等着,当挂钟"当当当……"敲完 12 响时,果然外面院子里又传来了"笃笃笃"的敲门声,杰克没有动。"嘭嘭嘭"声音越来越大，杰克仍然没有动。"砰"门被推开了，接着又传来了"咚咚咚……"的脚步声。这时杰克想到前天晚上的情景，不免有点毛骨悚然，但他很快控制住自己，握紧手枪，人贴在墙边，听着那"咚咚咚"的脚步声，等待着怪物的到来。

一切都跟前天一样，那怪物一楼一楼地走上来了，当它走到门口的走廊上，杰克一看，险些叫出声来。只见那怪物身高二米七十以上，前发齐眉，后发披肩，两只绿幽幽的眼睛一眨不眨，浑身黑毛，两只芭蕉扇大小的手上下乱舞，"咚咚咚"直逼杰克而来。杰克再也沉不住气了，枪机一扣，"砰"一声，打中了。谁知这怪物毫无感觉，仍然"咚咚咚"地朝杰克走来。杰克的手颤抖了，刚想打第二枪，已来不及了，那芭蕉扇大小的手已经伸过来朝他使劲一打，杰克手中的枪不知被打到哪里去了，接着他的脖子也被那双大手掐住了。杰克只觉得胸闷气急，他拼命地挣扎着，反抗着，可是毫无用处，那双大手仍然紧紧地掐住了他。这时，他突然想起靴子里那把匕首，猛地把它抽了出来，用劲朝那怪物的下身刺去……

慢慢的，杰克只觉得脖子上那双手松开了，"砰"怪物摔倒在地上。

还不容杰克细看，突然，楼下又传来了一阵杂乱的脚步声，杰克估计足有几十个人。他想拔出那把匕首，可是扎得深，拔不出来了。忽然，他发现眼前有一样黑乎乎的东西，闪着寒光，要紧一摸，原来是刚才那把枪，里面还有两颗子弹。等他拿起枪，借着烛光抬头一看，只见上来了三四十个矮人，都没有桌子高，穿着奇异的服装，样子很怪，"叽叽喳喳"说着杰克一句都听不懂的话。杰克举起枪，对准前面那个，"砰"就是一枪，那矮人倒下了；其他一些矮人相互"叽叽喳喳"又说了些什么，就"笃笃笃笃"全部走开了。杰克想：可能去叫援兵了吧。怎么办？三粒子弹只剩最后一粒了，如果再有怪物来，怎么对付？杰克心里不免有点着急。

　　他耐着性子等着，这时候，那截蜡烛也点完了，屋内一片漆黑，只有那只挂钟还在"嘀嗒嘀嗒"地发出响声，时间慢慢地消逝着。好不容易天快亮了，杰克高兴啊，这一夜终于过去了！可正在这时，又传来一阵脚步声，听那声音，足有一群人，杰克赶紧贴到墙边，握着仅有一粒子弹的手枪，准备作最后的搏斗。

　　谁知走上来的不是别人，而是来接他的克劳迪和他的仆人。杰克打赌胜利了！

　　他们回到 M 大街 97 号 503 室，杰克由于过分紧张和疲劳，足足睡了一天，当他醒来的时候，已经是吃晚饭的时候了，克劳迪准备了丰盛的酒菜招待他。杰克一边吃，一边说："我赢了，你把钱给我吧！"克劳迪摇摇头，说："年轻人，你很勇敢。钱，我当然要给你！不过，你不要急，先来看一看你的成绩。"说着，克劳迪把他领到隔壁一间屋子，打开放映机，小银幕立即跳出了清晰的图像，详细地记录了杰克上三星岛探险的全部过程。杰克睁大了眼睛，不明白克劳迪的用意。克劳迪解释说："明白吗，我是电影公司的经理，我不满意我的演员来完成这部惊险片子，我希望一个真正勇敢的人，用他真实的感情、逼真的神态，来演完这部戏。结果，是你，勇敢的杰克，你帮了我的忙，要知道，我获得的利润将不是一万美金，而是十万，一百万！哈哈哈……"克劳迪得意忘形地放声大笑起来。

　　杰克仍不相信，他摇摇头，说："那怪物和矮人是怎么回事？"克劳迪笑笑说："矮人是我收下那些刚出生的婴儿后，把他们放在与世隔绝的地方，用铁笼控制着他们的生长，才变成这个样子的。至于那个怪物，他还在里面躺着，你可以去看看。"杰克转身走到里间，只见手术台上躺着一个已经死去的黑人，虽然身材高大，但根本不能与昨晚那个怪物相比。所以，杰克不相信地摇摇头。克劳迪一看，耸耸肩，说："噢，不信吗？就是他！他是我用钱买来的。经过我这双手,给他装上一只假头颅,就化妆成昨晚的那只怪物了。由于头是假的,所以你打不死他。可是,我没料到你用匕首把他刺死了。不过,像他这种人嘛,世界上有的是……"杰克听到这儿,再也忍不住了,他做梦也没有想到昨晚打死的是这样两个人! 杰克两眼喷出炽热的火焰,盯住克劳迪,从嘴里迸出一句:"魔鬼!"然后,猛地扑到黑人身上大哭起来……

克劳迪却若无其事地在屋里来回踱着方步,"笃笃笃……"每一步都好像凶残地踏在杰克的心上。

(陶文进)

九龄童斗狼

　　以前,施胜利的家乡勉县常闹狼灾。大白天,三三两两的狼群在公路上、村庄附近、河堤坎上,大摇大摆,傲视人类,一副漫不经心的样子,似乎这个世界是它们的。特别到了晚上,狼的嚎叫声此起彼伏,遥相呼应,搅得人心惶惶,村宅不宁。

　　施胜利的父母亲早早去世。施胜利九岁那年,一个秋天的傍晚,生产队在河坝沙地里分红著,天快黑了,家家去领口粮的都是壮年汉子,因为一到天黑,小娃们都被父母反锁在屋里,深怕溜出去被狼叼走了。施胜利他们没有办法,他哥随副业队挣钱去了,家里只有他和弟弟妹妹。三人中,施胜利年龄最大,只得挑了两只小筐子,带着才四岁的弟弟去河坝沙地,领属于他们的口粮。

　　施胜利和他弟弟前脚刚走,家里唯一能保护小妹妹的那只大黄狗箭一般地从屋里窜出来,摇着尾巴跟在他们身后。施胜利跺脚吓它,赶它回家,可它直摇脑壳,一百个不肯。

　　等他们走到河坝沙地,天已黑了,壮汉们已陆续走光了,地里只剩下他们兄弟俩。施胜利装满两筐红苕之后,望着地上剩下的足够他担三回才能担完的红苕犹豫了。他想:若是让弟弟和我一块儿回家,口粮丢了咋办?若不把弟弟领回家,这儿离黄沙河坝近,那儿一人高的芦苇丛里经常有狼群出没,万一狼把弟弟叼去吃了咋办?

　　施胜利正拿不定主意时,大黄狗似乎看透了他的心思,它用嘴拱了拱他,意思是说它能保护小弟弟的安全!

　　施胜利感激地拍了拍大黄狗的脑壳,啥话也没说,挑起筐子,在黑夜中摇摇晃晃地往前走去,走几步,得搁下筐子喘一阵气,擦一阵汗水,再往前走。

　　突然,施胜利听见稻田里发出一阵"簌簌簌"的响声,只见一只黑乎乎的东西从田里窜出来,睁着绿莹莹的双眼瞪着他。他心里一惊:狼!

　　狼横挡在施胜利的前面,鼻子不停地拱着地,"扑——扑哧——扑哧——"直吐臭气。

　　听老年人说,狼吐出来的臭气令人昏眩,等人闻到那种臭气时,会不由自主地向狼走去,让狼一口一口地吃掉。当时,施胜利并没有这种感觉,由于年龄小,只听说狼的厉害,自以为跟狗一样,没啥可怕的,也就没把要吃人的狼当作一回事儿,反倒显得异常平静,在琢磨着用啥法子吓住狼。

　　狼吐了一阵臭气后,以为施胜利被吓昏了,就张牙舞爪地向施胜利逼来!

　　此刻,施胜利猛然想起他们小娃在一块儿玩耍时,那学狗爬、学青蛙跳的动作,何不使出来吓唬吓唬狼?

于是,他放下担子,面对着洋洋得意的狼,往地上一趴,"扑腾、扑腾"地跳起来,嘴里"哇哇"胡喊乱叫!

这一招果真灵,狼被施胜利的这一套慑住了,当即夹了尾巴掉头就跑。

施胜利顿时松了一口气,从地上站起来,抹了把汗水,刚要握起扁担挑筐子,谁知那只狼在离他20米远的地方站着不动了,它两眼恶狠狠地盯着施胜利,摆出一副随时准备进攻的架势。

施胜利愣住了,要是这样相持下去,不但他的小命保不住,弟弟的性命也危险了。

怎么办啊?

倏地,他记起了民间一句谚语:狗怕地上摸,狼怕尖担戳!我并不是手无寸铁,有一条挑水的扁担,何不把扁担当尖担用,去逼狼让道?

主意打定,施胜利像解放军杀侵略者一样,端着扁担,"哇哇"大吼,两只小腿奔跑着,向狼冲去!

水扁担两端的铁钩搭在黑夜中摇摆着,相互撞击,发出"叮啷当"的响声。

再凶恶的东西,它总是怕人的胆略和勇敢的。狼见施胜利变被动为主动,威风凛凛地向它杀来,惊恐地向后退了几步,"刷"的一声,一头窜进稻田里,连跑带蹦,"刷刷刷"直向河边跑去。

施胜利见狼被吓跑了,心中一喜,但又一想:糟了!这只狼见吃不了我莫不是去围攻弟弟了?哎呀!弟弟才四岁,由于家庭生活困难,营养差,他的体质一直就弱,哪有自卫能力啊?

施胜利不敢往下想,扔下口粮,举着水扁担,返身就往河坝沙地奔去。

奔到那里一看,只见弟弟坐在苔堆上,大黄狗昂头跷尾,一对发亮的眼睛愤怒地圆睁着,警惕地注视着前后左右。施胜利再往旁边一看,更是大吃一惊!原来,两只恶狼正围着大黄狗团团乱转,在寻找进攻的机会。

大黄狗见施胜利来了,兴奋地"噉噉"叫了两声,然后摇起尾巴,眼神儿似乎在问他——该咋办啊?

施胜利想丢下水扁担背起弟弟回家,可面对两只凶恶的狼,大黄狗是无力对付的!一时,他没了主意,不得不与狼对峙着。

时间一分一秒地过去,形势越来越严峻!这时刚才挡施胜利道的那只狼,也从水稻田里钻了出来,与这两只狼合群了,三只恶狼形成三角形把他们包围在中央,瞪着像鬼火一般的眼睛,爪子不停地刨着沙地,伺机发起进攻。

大黄狗怒目圆睁,守护着弟弟,不时发出"汪汪"的咆哮声,施胜利端着水扁担,守护在后面,一对小眼睛瞪得老大,防备着,恶狼一旦攻来,就用扁担去戳。

弟弟身子忽儿歪东,忽儿歪西,看样子他睡着了,对眼前性命攸关的一切全然不知!

突然,情况骤变,只见一只狼鼻子拱地,发出"呜——呜——"的怪叫声,随着它的脑壳慢慢抬起,另两只狼凶猛地扑了过来。那只发信号的狼喉咙里"呜"音未断,也冲了过来,对施胜利和大黄狗发起全面进攻。

大黄狗箭一般地向狼冲去,黑暗中狗和狼厮打在一块,不知是狗还是狼发出阵阵惨叫声。

施胜利使出吃奶的力气,抢开水扁担,顿时发出"叮啷当"的响声,这声响把朝他扑来的那只恶狼吓得不敢上前,它愣怔了一会儿,就绕过去和那两只狼一起围攻大黄狗。

大黄狗被狼包围着,拼命与恶狼搏斗,这凄厉的像哭一样的嗥声震撼了沉寂的黑夜,也把疯狂进攻的狼群震住了!

狼"呼啦"一下散开,又保持了原来的包围阵势,但不同的一点是,此刻这三只恶狼不停地东张西望着,不像先前那么恶狠狠地盯着施胜利他们。

大黄狗浑身是血,退到施胜利身旁,仍保持着拼搏的架势。施胜利不明白将会发生啥事,只是不停地抡着水扁担威胁狼群。不大工夫,村子里十几只白狗、黑狗、花狗、虎皮斑狗……一起冲来,咆哮着向三只狼发起猛攻。

狼群见势不妙,惊慌失措地撒腿逃走了。

施胜利四肢无力地瘫坐在地上,望望熟睡中的弟弟,再看看正围着大黄狗亲昵地撒欢、摇尾巴的群狗,禁不住潸然泪下……

（史建国）

人蚁大战

　　雷蒙六十多岁了，人还是显得那么健壮。他在荒山野地办了个农场，还雇了四百多名工人。就在农场丰收在望的时候，外面传来了消息，说是有数不清的蚂蚁朝他们的农场爬过来。这种蚂蚁是非洲最疯狂和破坏性最大的蚁种。在自然条件的影响下，它们常常会铺天盖地而来，前赴后继，不惜用自己的身躯冲垮一切阻挡物。所以，每当出现这种情况，人们总是早早撤离现场。

　　雷蒙舍不得丰收在望的果实，更因为他天生就喜欢冒险，所以考虑了一下之后，他将妇女儿童用船撤走，留下三百多名身强力壮的工人，决心同这群发疯的蚂蚁较量一番。

　　第二天中午，农场的几十匹马突然惊恐地嘶叫起来，它们仿佛意识到远处有一种可怕的东西在奔杀过来。很快,从森林方向逃出来一群野兽,猴子,蛇虫,梅花鹿……就连平时不可一世的美洲豹,也狼狈不堪地跟着这些小动物们一起逃生。

雷蒙这才发觉,事态的发展要比自己想象的严重得多,但此刻已经没了退路,只有用勇气和智慧去战胜那些蚁群。他迅速找来几个工头,大家商量后决定用河水作为抵挡的武器。正巧,农场三面挖有一道四米宽的壕沟,最北面是一条大河,河边有个大水闸,河水由水闸引进壕沟里,若是将水闸全部打开,那农场就会被淹没。

为了做到万无一失,雷蒙吩咐工人打开水闸,将水放进壕沟,又将壕沟边上的树木全部砍掉,以免蚁群从树梢上爬过沟来。他们还在壕沟后面的水泥渠道里准备了大量的汽油,一旦第一道防线失守,第二道火墙就能阻挡蚁群的进攻。

雷蒙分配停当,便跨上马背,到南面去察看蚁群的动向。他骑马登上一个山坡,放眼一看,不由惊得浑身直冒冷汗。只见远处山冈上、荒野里,到处都是爬行的大蚂蚁,就像铺天盖地的黑色大地毯。这地毯向两边延伸,从东到西,滚滚而来。蚁群所到之处,所有绿色的青草,顷刻间变成了黑褐色。这时,从前面森林里又冲出一团黑色的东西,那是一只美洲豹,浑身上下已经叮满了蚂蚁。此刻,它发了疯似的在地上奔跑翻滚,可没过五分钟,就变成了一副白晃晃的骨架子。雷蒙目睹这一惨状,不敢再多犹豫,赶紧回去布置工人分兵把守各个地段。

没多久,蚁群就向农场推进来。在这支大军前面,是一支先头部队,它们像伸出的触角一样,迅速将情报传回指挥中心,很快,蚁群组成钳形队伍,向农场两边包抄过来。到了下午四点,蚁群已到达马蹄形水沟的尽头,它们发现再过去便是大河,就开始向农场发起了进攻。刹那间,沟边的蚁群突然间加厚了好几倍,然后向水沟冲下去。一时间,成千上万只蚂蚁冲进水沟里,它们挣扎着,沉下去,而后面的蚂蚁又源源不断地冲下沟,沉下去,后面的又一阵阵滚下来,压到水面上的蚂蚁身上。它们显然是想以死蚂蚁填平水沟,冲进农场。

水在不断地流着,将一堆堆的死蚂蚁冲走。而后面的蚂蚁仍前赴后继地拥下水沟,眼看就要冲到水沟中央了。雷蒙见状,立即派人骑马赶到水闸去,叫他们多放些水。但是沟里的水流得不快,有些蚂蚁已经开始登岸了。工人们哪敢怠慢,挥起铲子赶,又将泥块扔向水里的蚁群,这样做,更加激怒了这股黑色的波浪,它们更加疯狂地向岸边扑过来。

这时,有个工人动作慢了点,有几只蚂蚁沿着铲柄爬到了他的手臂上,张嘴就咬,疼得这个工人好一阵惨叫,竟一头倒在地上。还是雷蒙眼明手快,冲上去帮他脱掉衣服,好不容易将这些蚂蚁掐死,救了那个工人一命。雷蒙怕出意外,赶紧吩咐工人们用喷雾器喷了一阵汽油,这才将登上岸的蚂蚁赶回水沟里。

天渐渐地黑了,蚂蚁们似乎接到了指挥中心的命令,停止了进攻,和工人们对峙起来。

雷蒙不敢大意,他一夜未合眼,天刚放亮,他又骑马沿着水沟察看着。当来到西段接近树林的地带时,猛地发现这里的蚂蚁很活跃,再一看,不得了了,水沟对面的树上爬满了蚂蚁,绿色的树叶像雪片似的从树上飘下来,树叶一落地,地下的蚁群就同心协力将它拖到水沟边。显然,蚂蚁们要以树叶为船,抢渡水沟哩。

看到这一切,雷蒙大声惊呼起来:"快,快把汽油喷筒拿来,这里危险!"

工人们闻讯赶来,一看也都傻眼了,只见树叶像是长了腿,向沟里移动,每一片叶子上载着几十只蚂蚁,第二轮进攻又开始了。

雷蒙指挥工人们用汽油喷,用铁铲打,将蚂蚁赶下沟去。他又骑马奔向水闸,命令开放水闸的工人先将闸关闭,等沟里的水位降低,快到沟底时,再猛地打开水闸,让河水冲进沟来,将沟里的蚂蚁连同树叶一起冲到河里去。

这个办法一时还很有效,冲走了成千上万只蚂蚁。但今天这些蚂蚁仿佛是铁了心,仍然源源不断地拥向水沟,当沟里的水再次降低,眼看已经见到沟底了,却还不见河水冲过来,雷蒙意识到,一定是水闸那儿出事了。果然,不一会,那边就有人大呼小叫地奔过来:"不好了,蚂蚁过来啦……"

原来,蚁群已经占领了水闸,开水闸的工人没来得及开闸,就被蚁群咬得"哇哇"直叫,自顾逃命去了。

无奈,雷蒙只得让工人们放弃第一道防线,撤退到水泥渠后面。这儿离水沟有一公里宽,蚁群爬过来还要一段时间,雷蒙真诚地对大家说:"朋友们,谁不想干的,请到河边上船。愿意留下的,继续跟我一起作战!"工人们你看我,我看你,他们都不愿意做逃兵,被人看不起。于是,雷蒙笑着说:"好吧,我们同生死、共患难,一定能够打败这些蚁群!"

不久,蚂蚁们又杀气腾腾地爬上了水泥渠,但它们一闻到渠里的汽油味,就立即退了回去。就这样,人与蚂蚁以水泥渠为界,一直对峙到第二天天亮。

当太阳升起时,雷蒙带着工人们爬上了屋顶,他们看见水泥渠外几里路内,全是万头攒动的黑色蚂蚁,它们在悄悄聚集着,又准备着新一轮的攻势。

到了中午,蚂蚁们似乎渐渐习惯了闻汽油味,它们爬上水泥渠,拥进了汽油里,不一会就将水泥渠填满了。雷蒙见第二道防线又要失守,他赶紧抱起一块大石头扔进水泥渠里,在蚁群中砸开一个口子,露出一点汽油的表面,然后点起一个火把,扔进汽油里。只听"轰"的一声,水泥渠中的汽油燃烧起来,顷刻间形成一道火墙,将蚁群烧得"噼啪"直响。这火阵使蚂蚁纷纷朝后退去,工人们一见,都大声欢呼起来。

然而,蚂蚁的退却只是暂时的,每当汽油烧尽,它们又一团团爬上来,一次又一次。眼看汽油烧光了,而蚂蚁的攻势依然不减。

死亡就在眼前。有两个工人的精神崩溃了,他们一纵身就想跳过水泥渠,奔到大河游过河去。可是他们才跑了没几步,就惨叫着倒了下去,一眨眼工夫,就被成千上万只蚂蚁吃掉了。

人们不禁被眼前这残酷的景象吓呆了。此时,雷蒙却显得异常镇定,他知道,这个时候,只要阵脚一乱,那么三百多人的性命就难保了。他大喊一声:"都别乱动,我一定要把你们救出去!"说完,他穿上高筒皮靴,戴上帆布手套和防风眼镜,又在衣服与皮靴之间塞满破布,然后用被单将头包起来。做完这一切,他又对大家说:"现在唯一的办法,就是冒险去打开水闸,让河水淹没农场,这样才能把蚂蚁冲走!"

工人们一听,都明白了,这确实是唯一解脱的办法,但这样做,雷蒙的危险太大,他随时都有被蚁群吞没的可能。但此时,雷蒙已经顾不上考虑个人的安危了,他奋力跳过水泥渠,用脚尖着地,飞快地奔跑。他只想快点跑,不让蚂蚁爬上身。三百米、二百米、一百米……雷蒙终于奔到了水闸上。

雷蒙一把握住被蚂蚁盖住的轮盘,使劲地转动它。就在这时,大团大团的蚂蚁爬上了他的手臂和肩膀,雷蒙尽量不去看这一险情,只是奋力地拧那轮盘。轮盘转动着,闸门终于打开了,河水"哗哗哗"地从闸门里冲出来。

当水滚滚流进农场时,雷蒙才发现自己从头到脚都被蚂蚁盖满了。他感到蚂蚁在咬自己,血顺着脸颊淌下来。此时,他本可以跳进河去,但一想水泥渠后面还有二百多名工人,自己是头,绝不能丢下他们,于是又返身朝回跑。

雷蒙拼尽全身气力跑着,但蚂蚁在一口一口地咬着他,他觉得心跳急促,耳朵里嗡嗡直响,呼吸也越来越困难,他知道,蚂蚁的毒性发作了。就在这时,雷蒙又被一块石头绊倒在地,他想爬起来,但一点劲都没有了,只见蚂蚁从四面八方向他扑来。雷蒙想到了那变成一副白骨的美洲豹,想到了自己的末日……

工人们见自己的头危在旦夕,都拼命地叫喊起来,雷蒙的意识又慢慢恢复了,仿佛有一股神奇的力量扶持着他,他又挣扎着爬起来,跌跌撞撞地向伙伴们冲去。

雷蒙终于被人抱上了屋顶,这时河水越涨越高,将整个农场全部淹没了,也将千百万只蚂蚁冲走了。一场可怕的人蚁大战,最终以蚂蚁全军覆灭而告终。

(王进民 改写)

枪响之后

一天深夜,12点钟敲过,雷阵雨刚停。公路上空荡荡的,没有一个行人。黄色的路灯从树叶缝里透出点点微光,不时传来树上的滴水声和树叶的沙沙声。

"滴铃铃……"一阵清脆的铃声打破了深夜的寂静,由东向西驶来一辆自行车。骑车的是一位体态窈窕、身披塑料雨衣的年轻姑娘,她一面急促地蹬车,一面不停地按铃给自己壮胆。

突然,前面黑暗处闪出几条人影,迎面挡住去路。姑娘心里一惊,知道遇上了歹徒,她咬咬牙,右脚用力一蹬,自行车直向那些黑影冲去。只见那些黑影惊慌地往两旁散开了,姑娘穿过黑影,正想加快速度,但书包架被猛地拉住了,姑娘跳下车还想撒腿跑,几个黑影已围了上来。

在昏暗的路灯下，只见为首一个大个子满脸横肉。他朝姑娘一看，狞笑起来："嘿嘿，还是个女的呢！"说着，把手里的匕首一晃："不许出声，否则要你的命！"姑娘心惊肉跳，正不知怎么办，无意中触到自己雨披里背着的黑皮包，心里一动，就说："你们要钱吧？这儿有我这个月的工资，拿出来给你们，放我走吧。"旁边一个瘦高个尖声叫起来："嘿，还有你人呢！""嘘，轻点！"大个子说着转过身来，对姑娘说："快，把钱和手表都交出来，省得老子动手！哼，本想捉几只鸡，谁知遇着一只羊。"

姑娘慢慢地把手伸进皮包，"嗖"地拔出一支手枪来，喊道："不许动，再靠近我就要开枪啦！"众歹徒一听"开枪"，一下愣住了。大个子定睛看时，只见姑娘左手撩起雨披，右手捏着一支黄澄澄、上面有红色条纹的手枪，顿时冷笑说："嘿嘿，玩具手枪，你把我们当小孩子耍呀，拿这种枪吓唬谁？""哈哈哈……"众歹徒一听，一齐怪笑起来。大个子喝声："上！"把匕首一举，一个箭步窜向姑娘。姑娘一闪身，又喊道："我真的开枪啦！""哈哈！"歹徒们更得意了。大个子冲近姑娘，伸手拉住姑娘的雨披。这时只听"噗"的一声，姑娘的枪口冒出一股白烟。大个子双手捂在胸前，一个后仰，四脚朝天倒在地上。

"啊！"众歹徒这一惊非同小可。瘦高个急忙一个转身，回头就跑，嘴里叫道："快……""跑"字还没出口，又是"噗"的一声，他随即一个倒栽葱跌在地上。一看横倒了两个，剩下的三个歹徒就像没头苍蝇似的，乱蹿起来，姑娘咬咬牙喊道："不准乱动，谁动我就打死谁！"三个歹徒一听，吓得再也不敢动弹，站在那儿筛糠似地发抖。姑娘暗暗喘了口气，用枪逼着，命令他们一个推起自行车，另外两个一人背一个，乖乖地走在前面，就这样一直把他们押送到附近的派出所。

值班的刘所长听完姑娘的叙述，便喊了几个值班人员把三个歹徒关了起来。他有些纳闷地问姑娘："同志，你可真不简单啊。不过……你的枪……"

姑娘"扑哧"一声笑了起来,刘所长被她笑糊涂了。这时,只见姑娘脱下雨披,从皮包里掏出工作证,刘所长接过一看:"哦,你是动物园的驯兽员!""是的,今晚是我值班,园里的那只母虎要产仔了,我怕它发脾气,特地去借了这支麻醉枪。""麻醉枪?""是麻醉枪。"姑娘点点头,掏出枪放在桌上。刘所长拿过来一看,像个塑料玩具枪,红黄相间的条纹在灯光下闪闪发亮,就问:"那么,这麻醉枪对人的生命有无妨碍呢?""没关系,大约二十分钟到半个小时,他们就会醒过来。"

正说着,地上的大个子动了几下,慢慢地睁开了眼睛。刘所长把枪对准他,说:"哼!你们胡作非为,今天可尝到厉害了吧?"

姑娘盯住大个子,严厉地说:"我今晚本想对付一只虎,谁知却逮住了一群狼。"

"哈哈……"所长和姑娘一齐笑了。

地上的大个子动也动不了,直愣愣地望着他们,懊丧地闭上了眼睛。

(张德亮)

急中生智

智慧能永远帮助人们防止意外，战胜困难。

密林中的较量

　　靠山村有个出纳员，名叫李长伟。虽说他已年近花甲，但身强力壮，而且为人正直，办事认真，很受村民们的信任和爱戴。

　　这一天，他到城里去收款，清早出门，跑了整整一天，总算没有白跑，收来了 3000 元，他急忙跳上末班汽车往回赶。谁知汽车在途中抛锚，耽误了个把小时，等到终点站，天已经黑了，可他到家还得步行十里山路。

　　李长伟下了汽车，到对面小店里打了二两白干，三口两口灌到肚里，抹抹嘴巴就上了路。他低着头，猫着腰，上山下坡，跨涧涉水，不到半小时就走出去五六里路。当他来到密林深处的沟筒子时，突然听到前面有人喝道："不许动！老老实实把钱拿出来，不然，叫你脑袋开花！"

李长伟一惊,站住了,定睛一看,好家伙!前面站着个蒙面大汉,双手握着根枪,乌黑的枪筒子正对着自己的脑门。他知道,这是根自制的火药枪,一枪响过就得重新装药。可这一枪也不好受,要是他枪筒子里装有铁弹的话,崩着一下就是一个窟窿,不死也无反抗之力了。再说,这地方前不着村、后不着店,白天行人就不多,何况是夜晚……

他想到这里,立时浑身哆嗦,结结巴巴地说:"你、你别开枪,千、千万别开枪,你要钱,我如数给、给你就是。"他说着从拎包里取出一叠人民币,双手捧着,边往前走边说,"这里是3000元,你拿去花吧。"

蒙面人大声喝道:"你站住!把钱放地上,再向后转,往前走三步,不然,我开枪啦!"

"唷,这家伙还是个内行呀!我得小心才是。"李长伟这么想着,连连点头说:"是,是,是!"他老老实实地将钞票放到地上,然后转过身来,往前走了三步,一动不动地站着。

蒙面人这才走上前来,一手举着枪,一手捡起钞票,"突儿突儿"捋了两下,见没假,就装进衣袋里,又一步一步往后退去。

李长伟见蒙面人要溜,急忙转过身来,说:"好汉,你不能就这样走啊!"

蒙面人说:"你还想干什么?"

"我不想干什么,只是想说,这3000元钱是村里的,我全给了你,可我回去怎么交待呢?"

"这不简单得很,你就说在路上被人抢了。"

"我自己说说人家能信吗?到时候说我贪污不糟啦,赔钱不说,出纳也当不成了,下次还能老老实实送钱给你花吗?"

"那你说怎么办?"

"你帮帮忙,给我打个证明行不?"

"打证明?你是想让我留下笔迹,叫公安局来抓我呀!看不出,你这老头还很会耍花招呀!"

"不不不,我不要你写字,只要你朝我身上打一枪,这是最好的证明。"

蒙面人一听这话乐了,笑笑说:"亏你这老头想得出!我这个强盗与众不同,人家是谋财害命,我却只谋财而不害命。告诉你,我这枪里装有铁弹,'砰'一下,不送你的命吗?"

"不碍事,不碍事,你不要打我脑袋,也不要打我的心肺,就往我胳膊上打一枪,那样既死不了,还可享受公费治疗,说不定还能到大医院去休养休养,你就行行好,帮我这一次忙吧。"

经不住李长伟苦苦哀求,蒙面人似乎动心了。他想:在这深山岙里,打一枪也不会有人听见。再说,把他打伤后也解除了后顾之忧,可以安全地脱身。他想到这里,就说:"既然这样,我就成全你吧,不过这味道可不是好受的,你可不能怨我。"

"绝不怨你!"李长伟伸出左胳膊说,"往这里打!"蒙面人走近后,对准那只胳膊"砰"地放了一枪,李长伟"啊"地一声哀叫,立时倒在地上打起滚来了。

蒙面人见老头受伤倒地,就说:"快去医治吧,血流多了也会死的,我可顾不得你啦,对不起,咕得啡!"他把枪往肩上一扛,转身要走。

就在这节骨眼上,李长伟一个鲤鱼打挺,站了起来,大声喝道:"站住!你跑不了啦!老老实实,缴枪不杀,宽待俘虏!"

蒙面人不知怎么回事,连忙举起枪来,对准老头说:"你敢来!"

李长伟笑笑说:"你那枪现在成了吹火筒,没用啦,告诉你,我当年抗美援朝,在上甘岭,面对五个美国兵,照样面不改色心不跳,让我捅死三个,活捉两个,对你这么个家伙,不是吹牛,我一只手稳拿!"他说着,伸出右臂一个"黑虎掏心",顺势左脚一勾,当即把个蒙面人打倒在地。蒙面人还想爬起来,李长伟眼疾手快，一个箭步冲上去，骑到他身上，一顿拳头，打得蒙面人动弹不得，直喊"饶命"。接着他又抓住蒙面人的胳膊两下一拧，只听"格格"两声响，关节错了位。现在叫他逃也逃不掉了，蒙面人只得拼命磕头，还苦苦哀求说："你放了我吧，以后我再不敢了。"

李长伟说："抢不抢是你的事，抓不抓是我的事，放不放是公安局的事，快起来，到派出所去！"

蒙面人爬起来，两眼盯着李长伟的左胳膊，他觉得奇怪，怎么挨了一枪不出血呢？他禁不住问道："大爷，你有啥法道，怎么中枪不淌血呀？"

李长伟听了哈哈一笑，说："怎么，你想见识见识？"说着把袖子一捋，露出了一只假胳膊。

蒙面人一见，不觉"唉——"地一声长叹，低下了脑袋，乖乖地朝派出所走去。

（洪青林）

獾子洞决斗

　　王保中今年刚满 17 岁，人长得精瘦、矮小。他父亲多病，所以家里很困难。两天前，王保中上山捡柴，意外地发现一个獾子洞，他赶紧报告颇有狩猎经验的杨中叔，杨中叔又约了两个青年，四个人一起进了山。

　　这獾子洞是个石洞，三面是岩石，底部为冻硬的淤泥。獾子为了自身的安全，它们选择冬眠的洞穴，首先考虑大动物尤其是人不能进入。这些小动物把洞深处的淤泥运到洞外，一点点踩实，最后只留下半尺多高、二尺多宽的小洞。因此，眼下人要进洞去是很困难的。

　　王保中在这次行动中出力最多，他趴在冰凉的地上，用小锄把淤泥一点一点刨下，装满书包，再传给后面的同伙，运出洞外，两天下来,累得骨架子都散了。可杨中叔却只坐在洞口外的火堆旁听汇报、作指挥。快接近獾子的那段路,是个一人多长的窄洞,只有身材瘦小的王保中一人才能进去,当他惊喜地发现四只獾子偎依在獾床上时,杨中叔却说出令人心冷的话:"每人一只,谁也不吃亏。"那意思就是王保中虽然多出了力,但不会多得!

王保中一肚子气,但又无可奈何,他冒着被獾子咬伤的危险,用獾钩将獾子捕住,从狭洞口处一只只传出去。抓住四只獾子后,王保中惊喜地发现:洞里还有一只! 他想了想,便不声不响地退出洞来。

王保中跟着杨中叔他们回了家,他只打了个盹,便趁着天黑又走出家门,摸黑走了一个多小时,来到奋战过两昼夜的獾子洞。他穿过六十多米长的狭窄地段,便见到了獾子的"寝宫",王保中撅亮手电,但那光线极暗,只见一点点红丝。他又从怀中掏出火柴、蜡烛,点燃后,四处寻找,找来找去,就是不见那只獾子的影子。王保中的心冷了,一屁股坐在地下,举着蜡烛发呆。

也不知过了多久,王保中才清醒过来,他正打算爬出洞去,突然从洞外传来"呼哧呼哧"的响声。不好,有野兽进来了! 王保中吓得手一抖,蜡烛掉地下了,四下里顿时一片漆黑。王保中握紧獾钩,身子朝外探了一下,听见有人说话的声音。这下,他的心提到了嗓门口,不好! 难道是杨中叔他们识破了自己的小聪明,前来兴师问罪吗?

王保中正在绞尽脑汁地想着对策,狭窄地段的外端响起了脚步声。那儿是一个挺宽敞的地方,可容四个人打扑克,獾子们冬天将粪便屙在那里,所以味道挺难闻。这时,只见黑暗中有微弱的手电光冲这边一闪,随即传来两个陌生人的对话:"到头了,往里进不去。""别大意,让我再看看。"

不是杨中叔他们! 王保中松了口气,可很快脊梁上升起一道寒流:什么人深更半夜顶风冒雪来凑这热闹?难道是特务?王保中平时最爱读惊险小说,知道这些人心狠手辣,要是发现洞里有人,那非灭口不可。怎么办?

黑暗中有人伏下身子,拼命往这边挤,手已伸进王保中藏身的开阔地带。王保中吓得紧贴洞壁,大气不敢出。猛地,洞内火光一闪,"叭叭"两声枪响,一枪打在狭洞正对面的洞壁上,一枪紧贴着王保中的左臂飞过去。

洞内鸣枪,响声大极了,震得王保中两耳嗡嗡响,一泡热尿也撒在棉裤内。他实在是吓坏了。狭洞口外的人吼了几句,终于退了回去。

洞口外,又传来"哗啦啦"抖塑料布的声音,有人从兜里掏酒瓶子,摆食品的声音,又听先前那声音说:"不对,里面有人吧?我咋闻出一股蜡油子味儿?"

又听一个声音说:"我不是告诉你了嘛,几个小子挖獾洞,折腾了两天两宿,能没蜡味儿?你要没那胆子,那就别作案哪。"

噢!这次王保中听出来了,后面说话的那人是他们生产组组长于兴武。听他口气是作了什么案,可跑这洞里来干什么?王保中此时是又紧张又激动,他决心要把事情弄个明白!外面两个人不停地喝酒,啃鸡肉,嚼骨头,那于兴武还不时给同伙打气:"瞧你一惊一乍的,山里人前半夜没有上山的,更何况外面下着大雪,早把脚印给埋了,公安局绝对找不到咱。"于兴武顿了顿又说:"嗬,瞧不出你这小子还真有两下子,那地方怎么给你进去的?"

另一个就显得有些得意,喝了口酒,绘声绘色地说起来:"那地方我已经盯了好几天,他们一楼有值班的,我就从二楼阳台进去,到三楼,我拿着一捆破报纸,往地上铺,怕留下脚印儿,捅开门撬开保险柜一看:差点没把我吓死!你猜猜多少,嗬,整整100万哪。我撕下墙上的两面锦旗,将钱包了,又从原路返回。出了大楼,我才想起铺在地上的报纸没捡净,这等于给警察留下了线索,再想回去,天都快亮了,无奈之中,我才想起山里的大哥你……大哥够朋友,帮小弟外逃,只是这山洞里怕呆不长啊。"

于兴武"嘿嘿"一笑:"别急,大哥我自有妙算。天亮后,咱们从这里出发,翻过几道岗,就有个车站,咱们坐车去大西北,当盲流去。守着这100万,还能饿死人?"

两人一边吃喝,一边研究逃跑的具体办法和路线,把个堵在洞内的王保中弄得苦不堪言,他又冷又饿,更要命的是刚才响的那两枪,硝烟扩散开来,那味儿又浓又烈,直往鼻腔里钻,使他的喉咙口痒痒的,直想打喷嚏。王保中用棉衣袖使劲堵住嘴,谁知一堵反而出了事,嘴巴一张,"啊欠"忍不住打了个喷嚏。

"有人!"那个案犯"哗啦"扔掉酒杯,顺手又操起了枪。于兴武也跟着站起来,但他还有些怀疑,问:"你听清楚啦,真有人?""这么大的声音还听不清,肯定是人的咳嗽声!"

两个人"稀里哗啦"忙活了半天,大约把外面到洞口那一段都搜查了一遍,但什么也没发现。于兴武唠唠叨叨地发起了牢骚:"妈的,你真是吓破了胆,那声音或许是刺猬的咳嗽声。"可那案犯仍然不肯轻易相信,他来到洞口处,侧着耳朵听了听,最后脱去棉袄,下决心似地说:"不行,我得进去看看!"

王保中脑袋"嗡"地一下胀大了,他赶紧把獾钩抓在手里,那獾钩三股叉如铁锚般排列,打出去也会置人死地的,王保中心中在想:要死也得抓个垫背的。

"吭哧吭哧",那案犯挤进狭窄处,一只手伸入洞内,脑袋也进来了,但是,上面有一块坚硬的岩石卡住了洞口,那案犯脑袋过来了,肩膀怎么也挤不进来,只得用手在洞内乱摸一气,差一点就碰到了王保中的棉裤。

终于,那只手抽了回去,王保中冷汗已湿透了内衣,他刚刚暗出一口冷气,不想,那只手又伸了进来,紧接着又露出了那颗脑袋。"叭"打火机点着了,王保中眼前出现一团火亮,他清楚地看到一张长满胡须的大圆脸和一双恶狠狠的眼睛!

此时,王保中只要将獾钩一探,就可以牢牢地勾住对方的下巴颏,可是,他没敢轻举妄动,毕竟后面还有一个拿枪的!

"妈的,里面到底有没有人?"于兴武等得不耐烦了,他大声问道。那案犯在亮光下显然看不到洞里的情形。打火机晃了半天,又烫了他的手,一下子掉在地上,熄灭了,那案犯这才将身子退出去,快快地说:"没人,我都看了。"

这时,只听传来一声枪响,紧接着又是"哈哈……"一阵狂笑,接下去只听于兴武自言自语地说:"贤弟,对不住了。其实你也跑不了,抓住也是死刑,还不如这样痛快。钱么,我就笑纳了,省得分不公平。"

王保中见于兴武把那人杀了,更是紧张得大气都不敢出,趴在那里,听着外面的动静。

也不知过了多久,王保中终于听到狭洞口外传来响声,于兴武收拾起他的物品,拿起钱袋,然后向洞外爬去,声音越传越远,最后消失了。

王保中迅速地钻出狭洞口,划亮一根火柴,他看到脑袋崩裂、歪倒在獾粪上的那个案犯,也看到了一大堆他们吃剩的食品:有半只鸡,几个鸡蛋,还有一块熟肉,一瓶未启封的酒。他把这些东西用塑料布包好,准备带回家去,但不一会,他又改变了主意,得留在这里,说不定对破案有用。

王保中爬出洞口时,鹅毛大雪仍是下个不停,把于兴武的脚印掩盖了。王保中东张西望地寻找着线索,不想身后山坡上落下一摊雪,正巧掉进他的脖子里,他下意识地回头,"啊呀!"不由惊得目瞪口呆,原来于兴武从背后绕过来了!

两个人在獾洞前互相对视着,于兴武不自然地笑笑,打起了哈哈:"爷们儿,这事让你看见了,没说的,山里人打猎,管他放不放枪,见面要分一半的,我也分你一半。"

王保中知道要论动武,自己不是于兴武的对手,眼下最重要的是赶紧脱身!王保中装出一副讨好的面孔,叫了声:"于叔,钱我不要,您走您的,我保证什么也不说。"

于兴武老奸巨猾,哪里肯信,他一抬枪,说出的话软中带硬:"保中,你陪叔翻过这道岗,叔分给你一半钱,然后咱俩各走各的。"

王保中知道,跟于兴武走,无疑是死路一条;可要是不听他的话,那也没好果子吃,怎么办?王保中大脑在飞快地旋转着,他很快就有了主意,点点头说:"中。于叔,我陪你走,但你说话要算数啊!"

于兴武说:"不算数,我是小狗!"说着,转身去取东西。

说时迟、那时快,就趁于兴武一分神,王保中"嗖"一下钻进了獾洞。王保中身材瘦小,不大一会儿,便钻到于兴武杀人的那个地方。侧耳听听,于兴武才开始朝里爬进来。王保中无意中碰到那一包食物,忙把它推进狭洞内,又把两罪犯用过的电筒及酒瓶等全扔了进去,最后自己也钻进了保险地带。

于兴武尽管膀大腰粗,见多识广,手里还有枪,可在这狭窄的獾洞里却是处于劣势,他是有劲使不出来,只能干瞪眼。

于兴武靠在狭洞外温言软语地哄劝道:"爷们儿,你出来,听于叔说几句体己话儿。于叔光棍一条,背这么多钱有什么用?跟我走吧,我领你去北京,去上海,吃香的,喝辣的。你干脆认我当爹算啦,咱爷俩把钱往银行一存,我死后,还不全归了你?你家那个穷样儿,八辈子也无力给你娶上媳妇,我给你娶个天仙!长这么大,还没碰过女人吧?咱们有钱,到大地方,只要你看谁好,就可以玩个够。于叔若说半句谎,是驴养的!"

王保中才不信于兴武那些谎话呢!他借这机会,一连吞下了三只鸡蛋,一块熟肉,这才打着饱嗝,对于兴武说:"你要是真有诚意,先到洞外等着,我收拾收拾就出去。"

　　于兴武见有希望,连声说好,又"呼哧呼哧"地爬了出去。他在外面雪地里足足等了一个多小时,才知自己被愚弄了。待他气冲冲第二次爬回原地时,一股恶臭熏得他差点呕吐起来,黑暗中还抓了一手大便,原来是王保中刚才趁机拉下的。

　　于兴武再也忍不住了,大声咆哮起来:"小鳖羔子,老子治不了你就是你养的!"说完,举枪朝洞里一阵乱射。

　　两个人就这样互相对峙着,谁也奈何不了谁,于兴武尽管有数不清的百元大钞,但在这里一点用处也没有;而王保中有手电筒,打火机,蜡烛和许多食品,从生存的条件看,显然比于兴武优越。

　　外面的雪越下越大,把于兴武困在洞里了,他起初不时地对王保中恫吓威逼,后来又几乎是哀求、讨饶,但王保中一概不理,他们就这样相持着。

　　也不知过了多少天,王保中吃光了所有的食物,饿得实在抗不住了,他开始小心翼翼地试探着往外爬,在狭窄地段的外端,他看见于兴武已饿得气息奄奄,像条狗一样伏在地上昏睡过去了……

　　　　　　　　　　　　　　　　　　　　　　(顾文显)

爆竹轰群狼

　　大年三十,王小三赶完古城集,肩挑两竹筐年货,踏着地上薄薄的积雪,独自走在崎岖不平的山路上。此时,天色已晚,小三刚走上一个小山坡,前面路上突然出现了三条恶狼,径自朝小三奔来。小三见事不妙,迅速放下竹筐,抽出扁担,紧握在手,两眼直勾勾地瞅着恶狼。俗话说:狗怕蹲,狼怕瞅。自小在林子里长大的王小三,初中刚毕业,年纪虽只有十七八岁,但已具有对付野兽的丰富经验。此时,他手握扁担,与三条恶狼斗鸡般地对峙着。

　　相持了一段时间,其中一条狼便一跃扑了上来。说时迟、那时快,小三迎面一扁担扫去,正中那狼头部,只听那狼惨叫一声,打几个滚便不动了。其余两条狼也从不同的方向扑来,小三挥舞扁担奋力搏斗，他把一根扁担舞得"呼呼"生风，两条狼不时中棍惨叫，哪里还有靠前的机会？只几分钟，便逃之夭夭。

王小三见三条狼死的死、逃的逃，满心欢喜，拎起竹筐，来到路旁一个大干草垛旁。这草垛足有两米多高，小三背依草垛，坐下来休息。

话说那两条狼逃进林子深处，其中有一条老灰狼非常狡猾，平日作恶多端，经常在夜间窜到附近屯子里咬鸡咬鸭，拖猪仔，并且多次躲过了猎人的猎枪，真可谓"经多见广"，此时，只见它将长长的嘴巴插到地里，"呜——呜——"地低声吼叫起来，不多时，竟从四面八方聚拢来一大群大大小小的狼，足有三四十条。它们浩浩荡荡窜出树林，径直朝小三扑来。

这边小三还坐在地上喘气，忽见林中窜出一大群狼，本能地一跃而起，大吼大叫，挥舞扁担迎了上去，与群狼杀作一团。

王小三虽勇，但终因力量悬殊，此时身上已有几处被狼咬伤，体力渐渐不支。他猛抬头，瞧见身边的草垛，不由计上心来。只见他急中生智，扁担点地，一个撑竿跳飞上草垛的顶端，群狼立刻将草垛团团围住，从四面八方往上蹿，小三居高临下，不管哪条狼先蹿上来，等待它的迎头就一扁担，接着便是一声惨叫滚了下去。

草垛太高，易守难攻，群狼正在无计可施之时，只见从林子方向，又是那只老灰狼背驮一个白色的怪物来了。这个怪物生得奇巧：尖耳猴腮，一对鼠眼，几根长须，前爪很短，后爪却很长，全身灰白色。小三一见，顿时吓出一身冷汗。他知道这只白色怪物就是人们传说中的狈。狈只身跑起来很慢，平时行动总是把两只短短的前爪搭在狼的后屁股上，后腿一个劲地随前狼奔跑的节奏蹬地，一旦脱节，便无咒可念了。狈平时很少外出，全靠其他狼打食供它吃，群狼在干坏事的时候，每逢遇到什么难题，总是把它驮到现场出谋划策，作为狼的狗头军师，这就是我们平日所说的"狼狈为奸"。

老灰狼将狈驮到草垛前，狈溜下地，踮着那短短的前爪，一踮一跃地绕草垛转了一圈，观察了一番地形，奸计顿生。只见它前爪对群狼比划了几下，"唧唧"地叫了几声，霎时，群狼重新将草垛围了个结结实实。这次，在狈的指挥下，进攻的方针果然变了。只见群狼不是像原先那样急欲跳上垛去，而是从草垛底部的四周一个劲地向外扒草。草垛虽大，也抵不住如此众多的恶狼一齐扒。一会儿，草垛就摇摇欲坠。小三在草垛顶急得直冒汗，用扁担打吧，又够不着，倘若失足滑下垛来，那非被群狼撕碎不可！正在千钧一发之际，他的手无意中触到了口袋里装的东西，顿时眼睛一亮。

他口袋里装的是什么？那是王小三今天为过年特意为他小弟买的爆竹。此时，小三急忙掏出一颗大拇指粗的"响天雷"，点燃扔了下去，"轰"一声响，犹如晴天霹雳，群狼惊得一哄而散，继而小三又扔下几颗，群狼逃得更远了，连他们的"军师"也不管了。小三见状大喜，翻身跃下垛来，紧跑几步，只一扁担便将那狈打死。

此时，夕阳已经西沉，小三实在太累了，他坐在乱草上，背依草垛，喘着粗气。远处，隐约传出阵阵爆竹声，大概屯子里的人们开始吃除夕饭了，小三也确实饿了，见竹筐早已被狼弄翻，里面的年货撒了满地。他也不管干不干净，抓起几片点心，狼吞虎咽地吃起来。渴了，小三到远处地上抓几把雪朝口里塞，这一来，他发现雪地上散乱的狼爪印朝一个方向围拢去，小三觉得奇怪，不由跟了上去，竟发现所有狼爪印均朝一条山沟下去了。它们怎么又聚到一块了？

王小三这孩子的脾气，逢事非要弄个水落石出不可，于是他便挑起竹筐循踪追去。转山沟绕山梁，走了约摸半个多小时，只见群狼的爪印在一座小草屋前不见了，小三蹑手蹑脚，悄悄地来到草屋跟前，借着雪光，见那小屋门半开着，大概是看山的老人回家过年了吧，房子黑洞洞的什么也看不见，只是从里面传出群狼"呼噜呼噜"的响声。小三心中暗喜：嘿，这帮家伙，折腾了大半天大概也累了吧？现在落到我手里，我也叫你们尝尝我王小三的厉害！

于是他把门轻轻关上，将门上的锁链从门外反扣上，用树枝别好，然后绕小屋四周一看，嘿，只有一个小小的木棂子前窗，他上前摇了摇木棂子，很结实。这下，王小三心全放下了，他不慌不忙从口袋里取出一个更大的"响天雷"，用火柴点燃，从窗户扔了进去。"轰"一声巨响，好像晴天一个炸雷，将群狼惊起，顿时屋里犹如炸了锅一般。

原来，这间小房里垒有锅灶、土炕，面积本来很小，又睡了三十多条狼，已经够挤了。恶狼们折腾了这么半宿，眼下睡得正香，突然这么一声惊天动地的轰响，惊得它们满屋乱窜，然而它们撞门门不开，撞窗窗不破。继而又是一个"响天雷"扔了进来，屋里真像马蜂被捅了窝，满屋的大狼小狼、公狼母狼，上蹿下跳，你碰我撞，鬼哭狼嚎，热闹极了。

小三觉得还不过瘾，不等狼群定神，接二连三地把"响天雷"、"大花子"、"锅子火"……一个个扔了进去。忽然，他想起筐底下还有一包一百头的湖南鞭，听人说，这湖南鞭响头可棒了，比机关枪的声音还大，嘿，还有五六只"菊花雷"，十多个"轰炸机"……干脆，把给弟弟的鞭炮提前放了吧！

于是，就见屋内大小爆竹一个劲地响，那"菊花雷"、"响花筒"喷出各自不同的万道金光、千朵菊花，将这小小的空间照得通亮；"锅子火"喷出金光闪闪的火树，射到屋顶又折了下来，犹如一颗颗金色的垂柳，其中夹杂着各种各样的爆裂声。一时间，火光乱飞，纵横交错，整个小屋热闹非凡，这群从来未见过世面的豺狼真是"目不暇接"，"大开眼界"。然而再好的美景它们也无心"欣赏",因为那"响花筒"在喷花之余,还带有一声巨响,那声音像山崩地裂,炸得群狼心惊肉跳。而最带劲的,莫过于那带响的哨音,一个个打着呼哨,斗折蛇行,拐弯抹角,满屋乱窜。那"小调皮"更有意思,专门在狼的肚皮底下、屁股下面钻来钻去,到最后还爆出一锭火,吓得群狼撞门碰窗,上天无路,入地无门。

小三趴在小窗前朝里望着,竟高兴得拍起巴掌来。不一会儿,屋内的铺草被引燃了,霎时浓烟滚滚,火焰烧着了狼身上的皮毛,"吱吱"地响。刹那间,一条条狼儿身带火花,炕上地上,地上炕上,灶上灶下,或翻滚或跳跃,或伸展或抱头,伴随着凄厉的哀嗥……

渐渐的,狼的哀嗥声低落下去了,它们被烧得焦头烂额,东倒西歪,涕泪纷纷,嗥叫不止。小三见状,估计差不多了,拔去树枝,打开后门,顿时一股浓烈的硝烟味扑鼻而来,小三憋住气,闯进门去,左一扁担,右一扁担,已经半死的恶狼在一声声惨叫中,一个个呜呼哀哉。

出得门来,小三才感到浑身酸软,脚步踉跄。待他翻过山梁走出林子,已是大年初一的清晨了。屯里的乡亲们闻讯,二十多个小伙子急忙套上一架爬犁,将猎物拖回。全屯老小,人人都称赞王小三机智勇敢、为民除害。从此,方圆百里屯落,很少有狼害事故发生了。

(纪鲁丁)

王二嫂遇贼

　　王家庄有个王二嫂,丈夫在部队里当干部,家里就她和一个不满周岁的孩子。在初冬的一个深夜,二嫂在睡梦中蒙蒙眬眬听到屋内有声响,她警觉地睁开眼睛一看,顿时根根汗毛肃立,心"怦怦"乱跳。只见屋门已被撬开,一个黑影正悄悄地向衣橱移去。"有贼!"这两个字到了唇边又被二嫂咬住咽回肚里。她猛地意识到,若是一喊,那贼狗急跳墙行凶起来,一个妇道人家怎是他的对手?但也不能眼睁睁地看着他偷呀!怎么办?怎么办?

　　也是二嫂急中生智,她悄悄地把手伸到孩子的屁股上一拧,"哇哇哇"孩子哭起来了,哭声使那贼撬橱的声响停止了。王二嫂翻了个身,嘴里含含糊糊地哼着:"噢,噢,噢,睡觉觉,噢,噢,噢,睡觉觉……"谁知二嫂"噢噢"得越紧,孩子哭得越急。只见二嫂一边拍孩子,一边自言自语:"这孩子又发烧了,半夜三更找谁看去? 唉!"她长吁短叹着,可手里利索地给孩子穿好衣服,抱起来就向门外走去! 一出门,"咔嚓"一声将门锁上。那贼听到二嫂起床,悄悄地潜到另一间屋里去了,他觉得躲得挺快,可二嫂却看得清清楚楚。

二嫂锁好门,就拉开嗓子喊起"捉贼"来。顿时,四邻八舍老的少的,把二嫂的两间小屋围了个水泄不通。大家你一言、我一语,都夸二嫂有胆量、有智谋,这个说:"二嫂这一手真绝! 关门打狗,干净利索。"那个说:"二嫂真有两下子,这一手顶两手。"几个青年还学着电影上的样子喊起话来:"嗳! 快出来吧,你跑不了啦!""举起手来,我们不虐待俘虏! 老实认罪才是出路!"喊了一阵子,屋里什么声音也没有,几个会武术的小伙子沉不住气了,开门进屋,准备捉活的。怪事出现了,屋里的箱箱柜柜、门后、床下,凡是能藏人的地方都查了好几遍,哪里有什么贼! 是贼跑了? 然而窗户好好地关着,纱窗上的尘土都没动一点,他能从哪里跑掉呢?

当时大家来得急,没多穿衣服,后来忙于捉贼,没觉得怎样,现在大家觉得有点冷了,便对二嫂安慰几句告辞了。

几个小伙子兴冲冲赶来,却连贼的影子也没见,就埋怨起二嫂来了:"二嫂呀,你真的看见贼了吗?""看见了,怎么没有啊!""怕是二嫂过度思念二哥,精神恍惚了。""怕是二嫂想学二哥哩,也给咱们来个'紧急集合'。"二嫂知道,现在就算自己满身是嘴也说不清了,于是只好连连道歉,把大家送走了。

二嫂也觉得奇怪,那贼到底藏在哪里呢? 她回到屋里,收拾了一下,就重新睡觉了。只听"当啷"一声响,门后那个大水缸的木盖飞出老远;"哗啦"一声从缸里站起一个黑大汉来,他头顶葫芦瓢,脸上狞笑着,手里握着匕首,浑身上下全是水。二嫂的心"蓦"地提到了嗓门口:啊……到底还是在屋里……

这贼确实厉害,照庄稼人的话说,是兔子他爷——老跑家。当二嫂刚才出院喊人时,他就意识到自己跑不掉了,但他忍住惊慌,走到门后那个大水缸前,把水瓢往头上一扣,双手将缸盖一举,迈进水缸往下一蹲,缸盖还像原样盖在缸口上。你想:大冷的天,谁往水缸里打主意?就是万一掀开缸盖,他头上不是还有个瓢嘛,谁会想到瓢下还有人呢?

现在,那贼不知是冻的还是恨的,牙齿咬得"格格"响,挥动匕首,破口骂道:"好厉害的臭娘们,若不是碰上八爷我,可吃你的大亏了。八爷本来只打算到你家借几个路费,没想到叫你折腾得好苦。今天也是你自作自受,八爷我不走了,所有值钱的东西我都要,少一样也不行。"他边骂边朝二嫂的床铺走去。他见二嫂在床上一动不动,一声不吭,就"嘿嘿"一阵阴笑:"小娘们,你也有技穷的时候,放明白点,乖乖地给我全拿出来,八爷就饶了你,若是再……嘿嘿,恐怕明年今日就是你的周年。"他一边胡说八道,一边恶狠狠就要朝床上扑去。只听"扑通"一声,一个黑影倒地,接着"哎呀"一声,从床下闪出一个人来,直冲门外;那地上的黑影一个鲤鱼打挺起来就追,谁知还没站稳,就又栽倒在地;又听"咔嚓"一声,冲出门外的人将门锁上了。

原来,大家走后,二嫂怎么也放心不下,她断定那贼还在屋里,就把床铺装扮起来,好像自己睡在床上,又拿了绳、棍躲到床下,想先看看动静再说。一会,果然不出二嫂所料,那贼真的出来了,二嫂等他靠近床边扒衣服之际,迅速用绳子将他的腿套住,再用力一拉,那贼"扑通"就仰面倒地了。二嫂手疾眼快,迎头就是一棍,然后抱起孩子冲出屋门。那贼站起要追,谁知腿被套住,又栽了个筋斗,随着二嫂第二次大锁一落,那贼再也无路逃了。

那贼原来是越狱逃跑的杀人犯——黑八。从此,"王二嫂抓黑八——真有两下子"这句话就飞遍了四里八乡。

(谭承新)

杀 机 四 伏

只有具有坚强性格的人，才能逆流而进，从容应付险境。

山凤遇险记

　　乡代销店的代销员山凤，今年刚满二十岁。她生性泼辣，办事利落，是个远近闻名的爱管闲事的姑娘。她留了个时兴的"妹妹头"，看上去和小伙子差不了多少，别人送她个外号，叫"假小子"。

　　这天一大早，山凤披上灰涤纶毛领棉大衣，跨上店里的"飞鸽"自行车，去县城进货。

　　山凤很快就到了县城，她想：还是先到市面上看看，了解一下行情，然后再去批发门市部。主意一定，她便从这个商店到那个商店，从这个货亭到那个货亭，不停地转悠起来。不久，她走进了全城最大的百货大楼，只见五金交电柜台前有一台二十英寸彩色电视机打开着，吸引了上百名顾客，山凤也走过去瞧热闹。猛地,她觉得身后有人使劲地朝前挤,扭头一看,是个穿棕色皮茄克、留长头发的男青年。

那青年又像看电视,又像找人,一忽儿挤到左边,一忽儿钻向右边,然后,在一个农民老大爷的身边停住了。突然,那青年将手伸进了老大爷的衣兜,山凤一惊,大喊道:"老大爷,小心钱包!"老大爷回过身,一把抓住了那只拿着钱包的手,说:"好小子,你可真有眼力,这里边装着的 600 元,是我家今年卖超产粮的钱! 你个畜生!"说着,飞起一巴掌。随后,不知谁又喊了一声:"打,打小偷!"于是瞧热闹的人蜂拥而上,拳头便像雨点一样,向偷钱包的青年砸去。山凤一看,不好,这么打下去要出人命! 急忙冲上前,边挡边喊:"别打,别打!"就在山凤使尽全身力气拦挡众人的时候,偷钱包的青年趁机钻出人群跑掉了。

一阵混乱之后,丢钱包的老大爷才想到要好好谢谢山凤,于是忙从钱包里抽出 50 元人民币:"姑娘,这是我的谢礼,拿着。"山凤只说了一声:"这是我应该做的。"就转身钻进人群里没人影儿了。

等山凤将一切手续办完,一看表,已五点半了。腊月天短,再有一个小时天就黑了,山凤急忙去保管站推出自行车,正要骑车赶路,批发门市部的经理一把拉住车座说:"山凤,天快黑了,路上不安全,别走了。"山凤说:"不行,代销店晚上不能没人看守;再说,我娘在家盼我哩。"说着,便纵身跳上车子,离开了县城。

山凤使劲地蹬着车,新买的"飞鸽"真像长了翅膀,贴着路面朝前飞行。突然,一块高出路面的大石头,把车子弹得离地足有一尺多高,只听"叭"一声,车链子掉了。山凤急忙跳下车,仔细看,糟了,护链板也被撬弯了,这真是越急越出岔。抬头看天,马上就要黑了,亮灯时肯定赶不到家了,怎么办? 干脆回城住一夜算了。但是一想到代销店没有人,她把牙一咬,把车链子套好,又从路边捡了一块小石头，对着撬弯了的护链板，"叮叮当当"地敲了起来。约摸十分钟左右，护链板总算敲平了，她甩掉石头，跳上车，双脚一蹬，车子又像离弦的箭，沿着弯曲起伏的山路飞驰前进。

这时，天已黑了下来，远处的大山灰蒙蒙一片，路上已没行人，还不时地传来老豹子的吼叫声。山凤抿着嘴，猫着腰，两眼盯着前方，双脚飞快地蹬着，好不容易转过了牛嘴弯，前边不远就是石板桥，她抬头一看，桥上站着一个人。一见有人，她那紧绷着的神经，顿时松了下来。

谁知，当她飞车来到石桥中间时，桥上那人突然一声大吼："下车！"山凤顿时被吓懵了，还没来得及下车，那人便一个箭步冲到车前，左手拉住车头，右手亮出尖刀，恶狠狠地说："你还认识我吗？"山凤定睛一看，不由大吃一惊：长头发，皮茄克，这不是今天在城里偷老大爷钱包的那个青年吗？看样子，他是存心等在石桥上，专门来对付我的……没容山凤多想，那青年的刀已逼到山凤面前，他狞笑着说："嘿，我知道你是代销店的，算定你要路过这里……"说着，举起尖刀，在山凤的眼前晃了几晃。山凤的心缩紧了，她一边下车，一边问："你要干什么？"那青年气势汹汹地说："干什么？我要你赔偿损失！把车子给我留下，把手表摘下来，快！"山凤浑身一震：怎么办？呼救吧，这地方，前没村，后无店，哪有人呢？硬拼吧，别说他手执杀人凶器，就是赤手空拳，自己也难对付。跑吧，往哪儿跑？想到这里，山凤后悔不该不听经理劝告，如今……

俗话说：急中生智。正当山凤悔恨交加时，突然，她发现石板桥没栏杆，顿时有了主意，她立即装出一副可怜相："车子给你，手表就给我留下吧？"说着，便离开车子，向桥边走了两步。那青年怎肯答应，急忙上前说："少废话，快把手表摘下来给我！"山凤慢腾腾地把手表摘下来，故意把手伸向桥边说："给你。"那青年只顾上前抓表,冷不防被山凤用力一推,只听"扑通"一声,那青年便一头栽进桥下的深水河里去了。山凤立即转身上车,飞也似地朝前驰去。

山凤一口气蹬了五里多路,才看到路旁有一独家小院,窗户上还亮着灯。此刻,山凤心里紧张,两腿发软,天大黑了,算路程,至少还有一半,要是再碰上个坏人,那……思前想后,决定在这儿借宿一夜。于是,她把车拐进了独家小院,上前轻声扣门。

一会,门开了,一个五十多岁的胖老太婆看着山凤,惊疑地问:"你找谁?"山凤说:"大娘,我是来借宿的。""借宿?"胖老太婆为难地说,"家里都是女的,不好留客。"山凤急忙说:"大娘,我是个姑娘。"听了这话,胖老太婆马上和气地说:"是个姑娘,快进屋。"山凤推车子进屋,胖老太婆随手关好门。灯光下,胖老太婆又对山凤上上下下、仔仔细细地端详了一遍,然后才让山凤坐下。说话间,只见房里走出一个和山凤一般高矮的黑姑娘,望着山凤,一个劲儿地傻笑。胖老太婆指着黑姑娘说:"她叫黑女,跟你一般大,是个哑巴。"山凤问:"大娘,家里就你母女俩?"胖老太婆皱着眉头说:"唉,老头子大前年下世了,留下一儿一女。儿子黑蛋整天不落屋,半月前,说进城去看他大姨,至今不见回家,真是操不尽的心呀……姑娘,夜深了,我儿子房间空着,今晚你就跟黑女一起去那儿睡吧!"胖老太婆说完,山凤便同黑女进房睡觉去了。

腊月的夜,屋外冷风嗖嗖,屋内寒气逼人。山凤和黑女一人盖一床薄被子。山凤身上穿着毛衣毛裤,还不太冷,可身边的黑女却冻得直打颤。山凤忙把自己的灰涤纶毛领棉大衣盖在黑女的被子上。黑女高兴地把大衣捂在自己的头上,很快便呼呼地入睡了。没多久,山凤也进入了梦乡。

正当山凤安安稳稳入睡的时候,一阵急促的拍门声把胖老太婆从梦中惊醒,她急忙点灯穿衣开门。门一开,胖老太婆惊得

"呀"叫起来，原来进来的正是儿子黑蛋，只见他浑身湿透，手脸冻得乌青，牙齿不住地"嗒嗒"作响。胖老太婆一边关门，一边问黑蛋到底出了什么事，黑蛋说是被人从石板桥上推进深水河里，差一点丢了命，说着，便朝自己的房间走去。胖老太婆一把拉住黑蛋，说："屋里有客人。""有客怕啥，我要换衣裳。"胖老太婆抓住儿子不放，说："不能进去，人家是姑娘！""姑娘？啥样的姑娘？""跟你妹子一般高，圆脸，大眼，短头发。""她啥时候来咱家的？""天大黑时，她说路远赶不回去了，我才把她留下的。"胖老太婆说着，又指着堂屋里的自行车说："瞧，那是姑娘骑的车子。"

一见代销店的自行车，黑蛋惊得几乎跳了起来，咬牙切齿地说："娘，就是她！就是她把我推下石板桥的！"于是，黑蛋一边换衣服，一边对娘讲说事情的前后经过。听着，听着，胖老太婆浑身便打起冷颤来了，她惊恐地问黑蛋："孩子，这可咋办呀？""咋办？这事明摆着哩，不是鱼死，就是网破。不除她，我就得去蹲大牢。"说完，黑蛋取出一条长绳就往房里走。胖老太婆扑上去，抱住黑蛋问："你干啥去？""把她捆起来，丢到虎嘴崖下喂老虎！"一听这话，胖老太婆战战兢兢地说："孩子呀，这事做不得，公安局查出来，你要偿命的！"黑蛋满不在乎地说："娘，这事天知道，地知道，你知道、我知道。只要你不吐口，公安局上哪儿去查？"胖老太婆听了，乞求地说："这伤天害理的事做不得呀！"黑蛋发怒了，两眼瞪得圆圆的，抓住胖老太婆的肩膀，摇晃着问："娘，事到如今，你是要你的亲儿子呢？还是保那个素不相识的丫头？"一句话，问得胖老太婆低下了头，紧抱着儿子的两只手慢慢地松开了。

黑蛋悄悄地推开房门，轻手轻脚地走到床前，他划了根火柴照了一下，便朝盖着灰涤纶毛领棉大衣的身上猛扑上去，两只手死死地卡住那人的喉咙，没用多久，被子里拼命挣扎的人便不会动弹了。黑蛋摸黑又用棉被将尸体裹严，用绳子捆好，扛在肩上,悄悄地开了大门,向屋后的山路上走去。

　　胖老太婆不放心,紧紧跟在黑蛋后面。娘儿俩高一脚、低一脚、鬼鬼祟祟地向虎嘴崖爬去。到了虎嘴崖,黑蛋便抽掉绳子,解开棉被,猛听那人"哼"了一声,吓得胖老太婆倒退了五六步。黑蛋急忙划着火柴,一看,哎呀! 真是不看不知道,一看吓一跳:"娘,这是黑女!""黑女?"胖老太婆腿一软,"扑通"一声坐在地上,便"呜呜"地哭了起来。黑蛋急忙捂着娘的嘴说:"娘,不能哭,不能哭呀! 黑女嘴里还有热气,你快救她,我得赶紧回去,不能让那丫头跑了。"说着,转身就朝山下飞跑。

　　黑蛋一走,胖老太婆鼻涕一把、眼泪一把地抱着黑女,一会儿捏鼻子,一会儿掐人中,折腾了好大一阵工夫,才听见黑女"哇"哭出声来,胖老太婆急忙用手捂住黑女的嘴。这时,黑蛋上气不接下气地又跑上山来,惊恐地说:"娘,不得了啦,那丫头跑啦!"说着,四肢无力地瘫倒在地上。

　　原来,就在黑蛋拍门喊娘的时候,山凤也被惊醒了,娘儿俩的话全让山凤听见了。当时,山凤想跑,可是大门紧关,无法出去;山凤想躲,四壁空空,哪里躲藏? 急得她把头捂在被子里,动也不敢动。万没想到,那件盖在黑女身上的灰涤纶毛领棉大衣把自己救了。等到他们娘儿俩出了大门,她才急急忙忙披上黑女的棉衣,翻身上车,向城里飞驰而去。

　　五天以后,山凤和黑蛋娘儿俩都上了省报的头版,标题是:《假小子智斗杀人凶犯,母子俩作案难逃法网》。有人要问,法院给那娘儿俩判了多少年徒刑? 哎,大街上贴了"公告",那上面写得一清二楚,你去一看便知晓了。

（陈希元　搜集整理）

恐怖的邮局

50年代初,鸡鸣山为了适应新开发的矿区建设,成立了邮电所。这个邮电所,里里外外只有一名职工,此人姓柳名长义,是县邮局直接派出的"大使"。

邮电所盖在矿区宿舍的边缘,是两间不大的平房,外间是业务室,里间是宿舍兼仓库。

这天晚上,天闷热闷热,柳长义躺下睡不着,颠过来倒过去的"翻饼子"。翻着翻着,他就闻到一股臭味,这臭味越来越浓,直往鼻孔里钻,呛得他直犯恶心。他索性爬起来,拉亮电灯,又拧亮手电,趴在地上,钻到床下,蹲在墙角到处找,想找出死老鼠什么的。但是柳长义找来找去,别说死老鼠,连只死虫子也没找到。

柳长义不死心，又里屋外屋、外屋里屋，像梳头发似地一遍遍找，最后才发现这臭味来自一个包裹，这包裹的布已浸出一片黑红的水渍，像只粪缸，幽幽地散发出臭味。柳长义看看包裹单，上面写着"邮鸡鸣山邮电所，待张乐明取"。他想起来了，这包裹送到这儿一个多月了，是个留局自取的包裹，可这么多天，那个张乐明一直没露面。本打算过几天就将它退回原寄发的邮局，谁想到今天却生出臭味来。他又扫了一眼包裹单的内容，是药材，保值两千元。天！什么药材这么值钱？又是什么药材这么恶臭？

臭味熏得柳长义一个劲翻胃，他顾不得多想，找了把刀子，"刷刷刷"就挑开了包裹的缝线。打开几层白布，待他定睛一看，立时呆了。怎么呢？这药材不是别的，是一只已腐烂了的手臂，还渗着血水，白白红红的，惨不忍睹。柳长义顿时就觉得自己的脑袋胀了，麻了，好半天才发现自己办了件大蠢事，私拆邮件本属违法，现在又碰上人命案子，这如何是好？他思来想去，认为这件事不能声张，一声张，倒霉的只能是自己，于是他决定还是悄悄处理掉为妙。

柳长义大着胆子，抄起一把铁铲，夹起那个包裹，像贼一样溜出了邮电所。出了屋，他左右看看，没人，便撒开两腿一路小跑，到山坡小桃林旁，三下五除二地掘了一个坑，将包裹埋了。

柳长义回到邮电所，心里还一个劲地乱扑腾，一宿他都没敢关灯，没能闭眼。

第二天，柳长义强打起精神开了门。不多时，走进一个三十多岁的男人，他身材不高，满脸络腮胡，皮肤黑黑的。这人走到柜台前，"啪"地将一张单子递了进来，柳长义拿起一看，"刷"这冷汗就下来了。原来此人不是别人，正是张乐明！他是取包裹来啦。柳长义暗暗叫苦，心说：你咋不早一天来呢？

张乐明看柳长义直发呆，问："同志，怎么啦？"柳长义"吭吭哧哧"答不上来。张乐明火了,嚷嚷道:"我还等着用那药呢,你怎么不说话呀?""呃,呃……""你们邮局怎么啦?要是丢了,趁早赔我钱。"

赔钱?我看还要赔人呐!柳长义心里在骂。但这事浑身是嘴也说不清楚,柳长义情急生智,想出个缓兵之计,他说,因为这包裹长时间无人来领取,已送别处保管了,叫张乐明三天后来取。张乐明临走还瞪了一眼,说:"要是哄我,我叫你吃不了兜着走!"

柳长义支走了张乐明,可犯了愁。俗话说"跑得了和尚跑不了庙"啊,这可怎么办?他冥思苦想,也琢磨不出解决这个问题的好办法。

中午,柳长义想睡个午觉,可仍是睡不着。这时,他听得门外一阵"叽叽喳喳"的声音,这声音越来越大,也听不清楚嚷些什么,但搅得他心烦意乱。他一个鲤鱼打挺坐了起来,开开门一看,原来是一群人围住一个瞎子在算卦。

柳长义摇摇头,正欲往回走,那瞎子却叫道:"那个人不要回去,我料你有难言之隐!"柳长义一惊,心说:他一个瞎子,怎么我一亮相,就知道我心中的事,莫非世间真有鬼神?他不由又悄悄折回身,静静地观察。那瞎子不再理他,只是给别人算卦。奇的是算一个准一个,勾得柳长义心里也痒痒的,便凑上去说:"师傅,我也来算一算!"瞎子问:"是拆生辰八字还是摸骨?"柳长义说:"摸骨吧!"那瞎子就伸开双手,攥住柳长义,从头到脚,从前到后,这捏捏,那摸摸,足足折腾了半个时辰,最后,瞎子惊叫:"哎呀,不好!你有大灾大难!"

这句话吓得柳长义差点瘫在地上,他恳求道:"您、您给我点细些!"瞎子摇摇头:"你是吃皇粮的,本是大富大贵之人,怎奈命中注定你有这一坎,48小时内必有血光之灾!不是我夸口,今夜就有预兆!"

血光之灾？柳长义虽然在大太阳地里，身上也泛起了鸡皮疙瘩。他诚惶诚恐，苦苦乞求破解之术。那瞎子扳了一番手指，最后说："离开这所房子……"柳长义苦笑着摇摇头："我就在这儿上班啊，怎能无缘无故地离开呢？"瞎子又想了想，说："我给你指一条道，今夜如听到响声，千万不要开门，否则邪气冲进来，你就没救了。"

柳长义千恩万谢，心惊胆战地接过了瞎子递过来的一张黄裱纸。那纸上画着几个字不像字、图不像图的东西。他要给瞎子钱，瞎子死活不收，说："干我们这行的有规矩，对有血光之灾的人不能收钱！"一席话，说得柳长义更是坚信不疑。

天刚一黑，柳长义就锁上了门，晚饭也无心做，静静地躺在床上，因为心里有事，也睡不着。眼睛闭不上，就打量屋里，看那一排排货架，就觉得那后面可能藏着什么，外屋虽亮着灯，也仿佛有幽灵在转悠。柳长义紧张极了，他感到这屋里到处是吃人的陷阱，一不小心就会失足掉进去。正这样瞎琢磨着，猛地，就听见窗外有人"咳、咳"的咳嗽声，这声音极微，但清清楚楚，还伴着很轻很轻的"呱哒"的脚步声。柳长义那汗毛、头发顿时全竖了起来，他再也控制不住，"啊"地叫了一声，就昏了过去。

第二天早上，矿山职工上邮电所寄信时，才发觉倒在地上的柳长义，于是急忙把他抬到矿山医院。当天夜里，柳长义就听说邮电所的房子倒了。柳长义又惊又喜，暗自庆幸自己躲过了血光之灾。

柳长义出院后，死活不肯回鸡鸣山邮电所上班，领导问他什么原因，他不敢说闹鬼，要是说闹鬼，那就是传播封建迷信，弄得不好得戴上"坏分子"帽子。最后，他只好辞了邮电所的工作，回了老家农村。

30年一晃就过去了……

30年后的一天，柳长义为儿子娶媳妇，入夜，闹洞房的人散去了,柳长义也累得关灯睡觉。正迷迷糊糊时,就听对面儿子的房里传来轻微的咳嗽声,随后又有"呱哒、呱哒"的脚步声。这声音太熟悉了,太恐怖了,30年前那往事一下子涌上来,莫非儿子要遭灾?柳长义一把拉起老伴,指指对面的屋顶说:"你听!"老伴支起耳朵一听,果然又传来"咳咳"的咳嗽声和"呱哒、呱哒"的脚步声。

柳长义顾不得多想,光着脚窜下地,拉开门就冲到新房前,高声呼唤儿子。儿子正和媳妇亲热呢,听到柳长义没好声的叫,不知发生什么事,忙不迭地披衣出来问缘由。柳长义哆嗦着说:"你、你屋里有鬼!"儿子纳闷:"哪来的鬼?"

这时又传来咳嗽声和脚步声,柳长义就指了指,说话也岔了声。

儿子弄明白了缘由,又好气又好笑,折回屋,从桌子底下拎出个黑咕隆咚的东西,柳长义一看,是一只圆口棉鞋,鞋肚里有一只拳头大的青蛙,那青蛙鼓着一对大金鱼眼,肚皮忽悠忽悠,猛地发出了"咳咳"声。

柳长义又惊又愣:"这……"

儿子说:"爹,这是那帮坏小子闹房用的。给青蛙灌几个大盐粒,它就咳嗽,再把它扣在鞋肚里,它一蹦,那还没有响声?看把您紧张的,我以为发生了什么大事呢!"

这一夜,柳长义一宿没闭眼。他琢磨,难道30年前那件事也是用青蛙搞的?可那臭的残肢又是怎么一回事?琢磨到最后才悟出残肢有些蹊跷,要不,怎么没听说张乐明后来再为那包裹来纠缠?柳长义越想越不安稳。第二天起床后,他赶了几十里路跑到公安局,说了自己的疑虑。

公安局对这件事挺重视,仔仔细细记了下来。

三个月后,一辆吉普车开到柳长义的屋前,从车上跳下几个警察,他们捧着一个大镜框,对他说:"感谢你啊,老同志!你帮助我们破了一个几十年的悬案!"

怎么回事? 听了警察的介绍,柳长义才知道:原来解放初期,张乐明是个抢劫银行的大盗,他抢了钱后因为别的事犯案,被判了三年徒刑。出狱后,他发现当年埋赃款的地方盖起了邮电所,为了吓走柳长义,神不知、鬼不觉地取走那笔巨款,他和同伙用一只橡皮医用手套灌上猪肉,当成包裹邮到邮电所,待猪肉发臭后,又让人冒充算命的……

后面的事不说柳长义也明白了,他就悔,就恨,就自责,怪自己怎么就这么没觉悟,就这么封建迷信,被一只灌了猪肉的橡皮手套,被一只青蛙给吓了个半死。当初如果及时报告公安局,破了这案子,自己也不会辞职,白白丢了一份工作,改变了后半生的命运!

(范大宇)

恶熊吃色狼

　　一天傍晚,一辆长途汽车开进了老山沟车站。车门一开,最先下来的是一个十八九岁的上海姑娘,她叫叶小华。她曾写信给舅舅,要他前来接站。可左顾右盼,等到客尽人散,还是不见舅舅的影子,小华只得找人问了路,沿着盘山公路,独自一人上舅舅家去。

　　老山沟山高林密,沟里静得可怕,小华走着走着,忽然背后传来一阵沉重的脚步声,她以为是有人挑着担子赶路,心里可高兴了,总算有人作个伴了。想到这里,她回头一看,这一看,顿时吓得魂飞魄散,原来她看见的竟是一头大黑熊。小华急忙丢掉旅行包往前跑,可是心里一害怕,双腿就像是被灌上了铅,怎么也迈不开步,反而呆呆地站在原地,绝望地看着大黑熊一步一步逼近自己。

就在这千钧一发之际，仿佛从天而降，前面路上传来"别别别"的手扶拖拉机声，黑熊警觉地停住脚步，竖起耳朵，立起了身子。这时，拖拉机手也发现了姑娘的险情，猛地加速，直朝大黑熊冲了过来，大黑熊顿时没了威风，扔下姑娘仓皇地窜进了树丛。

大黑熊一逃走，小华反而全身软得一下子瘫倒在地上。开车人看见小华跌倒在地上，急忙从拖拉机上跳下来，急步跑过来，扶起了小华。

小华哽咽着讲了事情的经过，接着她从旅行包里拿出一条香烟送给开车人，以报答救命之恩。

开车人仔细打量了小华一眼，说姑娘孤身一人走山路不方便，不如上拖拉机，他可以顺路把她送到舅舅家里。小华道了谢，擦干眼泪，爬上了拖拉机的车斗。

拖拉机颠簸着向前开去，开着开着，小华觉得有点不对头，记得舅舅说过，家里离车站只有三里路，算算时间，最多也不会超过半个小时，现在已开了一个多小时，拖拉机还在"别别别"地开，一定是开车人听错了地方。于是她急忙爬到车斗前头，拍拍开车人的肩膀，不料这位开车人不仅没有回过头来，反而越开越快，直往深山开去。

小华那刚刚轻松下来的心忽地又被紧紧地揪住了，她顾不得多琢磨了，摘下了腕上的进口表，递给开车人，说："师傅，请你把车停一停，我想下车了。"

开车人把表丢进口袋，理也不理小华。

小华又摘下项链递给他，说："师傅，求你停停车，让我下来！"

这次开车人回过头来了，他接过项链，脸上露出了不阴不阳的笑容，斜视了小华一眼，又加快了车速，像一阵风似的，直往前冲。

怎么办？眼前只有跳车这条路了，是死是活听天由命！小华刚拿定主意准备跳车时，拖拉机突然停住了，开车人一个转身一把把小华拎出车外，摔在地上。

小华一看，人已到了深山密林之中，喊，方圆几十里没有人家；逃，自己人地生疏逃不掉；拼，自己又手无寸铁，怎打得过这虎背熊腰的开车人？到了这种地步，小华顾不得少女羞怯，苦苦地哀求开车人道："师傅，求求你高抬贵手，我爸爸妈妈一定会重重报答你的。"

开车人像是什么也没有听到，阴着脸，眼睛里流露出贪婪的光，一下子扑在小华身上，粗暴地撕开了她的衣服。

这时，小华也不知从什么地方来的力气，一把推倒开车人，硬是不让他得逞。开车人发火了，拿起一块毛巾猛地塞进了小华的嘴里，对准小华顺手一拳，等小华清醒过来，她的双手被反捆了。

开车人掏走了小华的钱包，然后像提粽子似的把小华提到车斗里，然后他将拖拉机调了个头，往刚才来的路上开去。开了一阵后，开车人将拖拉机停了下来，他狠狠地把小华从车斗上踢下来，随后"咳咳"干笑几声，就开着拖拉机扬长而去。

好半天，小华才慢慢地睁开眼睛，一看，啊，这里不正是刚才遇到熊的地方吗？

小华早年听舅舅说过，熊有这样的脾气——如果它想吃人而没有达到目的，决不肯善罢甘休，一般的情况是，先回到熊窝里睡上一觉，然后再回到老地方来。现在，这开车人故意把自己丢在这里，置自己于熊口，是想借熊口毁尸灭迹，掩盖他干下的伤天害理的罪行！

果然，就在这时候，远远地出现了一个大大的黑影子，一步一步地向这里移动，小华挣扎着坐起，睁大眼睛一看，正是那头大黑熊。

　　小华闭上了眼睛,在这生命的最后一刻,她想到爸爸妈妈,他们连做梦也想不到,他们的女儿竟会死得这样惨!不,不能只让山沟里的人看到一堆白骨,要让他们知道事情的真相。小华想到这里,咬紧牙关,拖着被打伤的身子,爬到一块锋利的石头前,拼尽全力把反绑着双手的绳子往石头上摩擦。

　　不一会儿,小华挣脱了手上的绳子,但时间已来不及了,大黑熊贪婪地舔着嘴唇,一步一步地逼了过来,小华眼睛一黑,就什么也不知道了。

　　一阵山风吹来,小华又慢慢地苏醒了过来,只见大黑熊扭着大屁股向路边走去。小华奇怪了:熊怎么没吃自己?随即,她恍然大悟:舅舅说过,熊不吃死人。一定是刚才自己昏死过去,熊以为自己死了呢。

　　这时,小华看见大黑熊飞快地往前面跑去,只见开车人坐在拖拉机的驾驶座上,双手把着方向盘,直往她这里瞧。小华明白了:这开车人把自己扔在深山里还不放心,要亲眼看见自己被熊吃了,所以他刚才根本没有离开这里,而是悄悄地躲在一旁看动静。

　　可是开车人万万没有想到,大黑熊会丢下小华而朝他这个活人进攻,他慌得赶紧发动机器。谁知,拖拉机没有动弹,他急忙又猛踩油门,拖拉机活像是个哑巴,竟连半点声音也没有——熄火了!

　　这一下,开车人傻眼了,他浑身发抖,慌忙跳下拖拉机,向最近的一棵树跑去。他想爬上树去逃命,但是,已经来不及了,大黑熊的右掌一把把他打倒在地,接着,大黑熊的屁股坐到了开车人的身上,来回磨蹭,又用大舌头舔开车人的脸膛。一会儿,开车人的惨叫声越来越轻了,渐渐地只剩下一声长、一声短的呻吟声……

　　望着眼前的情景,小华吓得闭上眼睛,半天不敢喘气。

就在这个时候,前面传来了一阵叫唤"小华"的声音,不一会儿,不少手电筒的光柱在路旁来回扫射。小华听到了,也看见了,这是舅舅他们的声音,她挣扎着站起来,跌跌撞撞地奔过去,一头扑在舅舅的怀里,"呜呜呜"地痛哭起来。

大黑熊见来了一大群人,就摇晃着尾巴,又奔进了老山沟。

当舅舅他们知道小华的遭遇后,用口水唾那开车人被大黑熊撕得七零八落的尸体,说:"真是恶有恶报,这条披着人皮的狼,连畜生都不如!"

(倪国萍)

逃出匪窟

黄元御是清乾隆时很有名望的医生。有一天夜里,他正在灯下著书,忽然听到一阵狗叫声,接着有人"砰砰砰"敲响了大门。

他急忙撂下毛笔,拉开大门一看,不禁吃了一惊。只见门外站着两个彪形大汉:一个满脸络腮胡子,阔鼻豹眼,貌似凶神;一个鹰眼猴腮,满脸浅白麻子,两眼透着狡黠的凶光。

黄元御打了一个冷颤,忙问:"二位从何而来? 敲门是为何事?"

浅白麻子双手抱拳施了一礼,道:"兄弟乃海北'草上飞'帐下的三掌柜,久闻黄先生医道高深,大哥公子久病不愈,今天奉大哥之命,来请先生去救公子。车辆银子俱在客栈,望先生不要推辞!"

黄元御一看两个满脸凶气的匪徒,浑身立刻起了一层鸡皮疙瘩,知道这趟险诊是非出不可了。只见他稍作沉思后,对浅白麻子说:"二位远道而来,翻山过海,非常辛苦,请暂去店中歇息一夜,明天启程可好?"

浅白麻子和络腮胡子交换了一个眼色,说:"大哥再三嘱咐,救命如救火,令我二人速去速回! 还望先生吃点辛苦,今夜及早动身!"

黄元御一想:这些杀人成性的土匪,倘若不去,不但自己性命难保,说不定全家老幼都要遭受株连! 不如及早前往,把病人治好即回。于是便对浅白麻子说:"既然二位不怕辛苦,容我稍作拾掇,今夜咱就动身。"

浅白麻子非常高兴,立即和络腮胡子回到客栈,不消一个时辰,车辆来到,黄元御也拾掇停当。三人借着星光,就上车赶路了。

两个土匪一路上马不停蹄,夜不投宿,替换督车,走了十天,终于赶到了"草上飞"的山寨大营。

黄元御下车一看,这里山势凶险,林密草深,依山傍隘,易守难攻。一色的木头房子,搭在山间窝风向阳之处。山前一块平整的草坪,是匪徒们的演武操场。草坪北面,一片陡立的石壁,凿有一个自然山窟。这是草上飞的军机大帐,也是迎客大厅。

巡山岗哨见三掌柜带着一个"单目先生"来到,急忙禀报草上飞,草上飞急忙带着几个头目亲自出帐迎接。

接进大厅,分宾主坐下,草上飞就吩咐厨房上酒摆宴,要为黄元御接风洗尘。

黄元御起身说:"医家以治病救人为本,救命如救火,向来都是先看病,后吃饭。还是先去给公子看病吧。"

"也好。"草上飞一看黄元御情真意切,就亲自把他领到公子卧房。

　　这是三间木头作墙、里外抹泥的房子,西间搭有土炕,炕上躺着病人。一进屋,黄元御就差点被一股臭气顶了一个趔趄!细瞧病人,约有十七八岁,面色青黄,枯瘦如柴,咳嗽痰喘,呼吸困难,呼出来的臭气直顶鼻子!

　　黄元御伸手摸了摸脉,眉头皱成个疙瘩,最后把心一横,对草上飞说:"不知大掌柜是要听实话,还是听假话?"

　　"这是什么意思?"

　　"实话情直逆耳,大王不要见怪;假话,当时听着顺心,最终却是害人!"

　　"我是粗人,爱听实话,你就照实说吧。"

　　"照实说,公子得的这病,是一个须根毒瘤长在肺上,实属不治之症,吃多少药也无济于事。如果早期发现,用些去火消毒之药,抑制它的生长,或许还有一线指望,现在毒气扩散,疮已化脓,肺叶溃烂,公子顶多还有十天阳寿了!如相信我的话,也不必再让他去喝苦水,想吃什么,就弄点什么给他吃吧。"

　　"啊?"草上飞闻言,眼里透出一股颓丧的凶光,一拳砸在炕沿上,"好!我佩服黄先生心直口快,敢说实情!这样,也就不必再治了!请先生大帐喝酒去吧!"

　　草上飞把黄元御领回大厅,吩咐手下摆酒上菜,他却满脸怒气地走了。黄元御的心"怦怦"直跳,在这杀人不眨眼的土匪面前,一句话不慎,就要把命送上!自己刚才对草上飞说了实话,还不知要惹出什么祸来。

　　不消一刻,酒菜上齐,几个头目也都相继入座,却不见草上飞回来。黄元御的心紧紧吊着,手里捏着一把汗!

　　约有半个时辰,只见草上飞手里托着一个盘子,里面盛着一堆心肝五脏,一把血淋淋的牛耳尖刀斜扎在已经化脓的烂肺上。只见他把盘子往桌上一推,说:"黄先生手艺真高! 看得一点不差!"说着吩咐手下,"把那五个冒牌家伙押上帐来,我要看看他们的心是红的还是黑的?"

原来草上飞听黄元御说他儿子还有十天阳寿,感到求生已经无望,与其再让他受十天罪,还不如早点死了净心!一时性起,一刀刺死儿子,把心肺扒了出来。幸亏黄元御诊病准确,不然,真的命没了!此刻,草上飞把一腔怒火全撒在了以前给他儿子治病的五个先生身上。

不大一会儿,两个土匪押着五个抖抖瑟瑟的行医先生走进帐来。草上飞一挥手,五个手持尖刀、拿着托盘的匪徒一齐闯上帐来,一个抓着一个先生,就要剖腹挖心!

黄元御见此情景,心一下子跳到喉咙口:糟糕!草上飞把失子绝后的怨恨加在了这些无辜的同行头上了!怎么办?舍命也要救人!主意打定,黄元御拿眼看了一下草上飞,只见他脸色铁青,眼睛通红,气恨恨地用手一指那五个吓得筛糠发抖的先生,说:"你们这帮草包!没有本事,假充行家!不是说我儿子的病能治好吗?怎么治来治去,反把人给治死了?我儿子的性命就是让你们给耽误了!今天我要扒出你们的心来看看,为什么要用假话来唬人!"说着把脚一跺,"动手!"

一声令下,刀光闪闪!

"且慢动手!"黄元御猛地从席上走下来,对草上飞一拱手道,"大王息怒!医家向来都以治病救人为本,只要患者尚有一线指望,没有一个不尽力抢救的!因为令郎所患确系一种绝症,即使华佗再世也救不了他的性命,大王因此责怪众家医生是于理不公的!如果大王真把众家弟兄杀了,恐怕以后山上兄弟们再有人患疾,医家兄弟宁可死在家中,也不敢上山来给你们治病了!"

一席慷慨激昂的话语,说得草上飞哑口无言,一干人都听得目瞪口呆,大厅里一时鸦雀无声。

黄元御的心情缓和了一些,抓住时机继续劝道:"常言说:人过留名,雁过留声。大王想要成名立业,就得虚怀若谷,宽厚待人。当年曹孟德错杀华佗,落得千古唾骂,实该引为镜鉴! 还望大王三思!"

草上飞明白黄元御说得很有道理,但他一时拿不定主意,看了一下身边的三掌柜,意思是问他怎么办好。

浅白麻子是个被迫为匪的读书人,不仅通晓理义,而且诡计多端,是大掌柜的心腹和军师,许多大事,草上飞都是对他言听计从。只见他向草上飞使了一个眼色,劝道:"大哥,黄先生说得极是! 看在黄先生的面上,放他们下山去吧! 只要有黄先生在,弟兄们有病就不怕了。"

草上飞点了一下头,沉思片刻,对黄元御说:"如果先生留在山上给兄弟们治病,我就看在你的面上,把他们放了。"

黄元御一想:一人换得五命,也算值得;不管怎样,先把人救下再说! 于是他对草上飞说:"既然来到山上,总得把兄弟们的病治好再走! 遵从大王心愿就是!"

"好!"草上飞一拍桌子,对拿刀的匪徒挥了挥手,"看在黄先生面上,放他们滚回去吧!"

五个先生逃离匪窟,走了,黄元御却被禁锢在山上,每天除了给匪徒看病之外,也在苦思苦索逃离匪窟的办法。

这一天,他给一个名叫庆山的年轻后生作"痔瘘"手术,他那种不怕脏臭、细致认真的医德,使庆山非常感动,要拜他作"干佬"①。黄元御不知他的用意,当时没敢答应,不过却更加认真地给庆山治疗。

庆山的病很快就治好了,接着,庆山又提出要求,让黄元御也去给他父亲治治"痔瘘",黄元御这才弄明白他要拜自己为干

---

① 干佬:即寄父。拜干佬,是东北民间一种攀亲的方式。

佬的目的，因此就慷慨答应了。可是草上飞怕黄元御逃走，不准他离开山寨给平民治病。他就在三掌柜面前极力替庆山说情，最后得到了草上飞的允许，把庆山父亲接到山上来，让黄元御治疗。

经过一段时间，庆山父亲的"痔瘘"也治好了，庆山的心完全与黄元御贴在了一起，于是，黄元御便把自己脱身的希望寄托在庆山身上。在送庆山父亲下山的路上，他把苦苦想好的一个脱身办法跟庆山父亲说了，让他千万照计行事。

过了四天，黄元御正在给一个匪徒看病，突然见岗哨从山下抓来一个年轻的后生，就急忙撂下病人走过去。

年轻后生一见黄元御，跪在地上，口称"叔叔"，就放声哭诉道："奶奶自叔叔走后，整日叨念着叔叔的名字，我走的时候，她已经两天没吃东西了，我爹和我婶子才让我冒着性命危险来找叔叔回去。你若是再不回去，就见不着奶奶的面了！"

黄元御一听，急忙把侄儿揽在怀里，眼里落下了泪水。随后他带着侄儿去见草上飞，含着热泪说："家母思儿成疾，眼看不久于人世了。望大王开恩，让元御回家看看，一来探望老母，给老母治病，二来抚慰家人，以免家人惦念。如日后弟兄们患疾，只要去信，元御召之即来。"

草上飞一面让人去叫浅白麻子，一面对黄元御说："这样吧，我马上打发几个兄弟下山，再去山东把先生的全家都搬到山上来吧！"

黄元御一听急了："不可！家母秉性，元御素知，不见我的面，她是宁死也不肯来的！再说家母病情这样严重，怎经得起这远路风尘的折腾！大王这样办，就把元御一家坑了！那还不如当场先把元御杀死！"

草上飞一看黄元御真的动了肝火，一时倒没了主意。

这时，浅白麻子已经奉命来到，草上飞看了一下浅白麻子，说："黄先生要回家看看,他母亲病了,你看咋办?"

浅白麻子沉思了一下,说："黄先生家母有病,大哥不可强人所难,还是打发两个兄弟把黄先生叔侄送回家去,住些日子,随后再打发兄弟们帮黄先生把家眷一同搬到山上来,如何?"他看了一下草上飞,接着说,"说实话,大哥和我们众家兄弟,对黄先生的医道和人品都是爱慕和敬重的,实在是舍不得与先生分手啊!"

草上飞用商量的口气对黄元御说："怎么样,黄先生? 那就打发人带上点银子,把你们爷俩送回去吧?"

黄元御说："大王和三掌柜对元御的盛情,元御已经领下,只要给我们叔侄两人弄两匹好马,把我们送出山去就行了。如今天下太平,路上不会有什么意外,大王就不必再费心了!"

浅白麻子说："不去送送还行? 万一路上出事,就对不起朋友了!"他与大掌柜交换了一下眼色,"就让二青带一个兄弟去吧。"

二青,就是和浅白麻子一块儿去请黄元御的那个络腮胡子,他精细、勇猛,又有一身好武艺,是浅白麻子的心腹保镖;另一个人,由于庆山自告奋勇,就让庆山担任了。

临走,浅白麻子再三嘱咐二青："一定要把黄先生送到家……"然后每人给了一匹好马和一些银子。

走出约有二三百里,来到一个山谷僻静之处,庆山给黄元御使了个眼色,黄元御会意,要下马歇歇,吃点东西。

络腮胡子把马拴了就去小解,庆山假装也去解手,紧紧跟在他的身后,当络腮胡子正解手时,庆山猛地拔出刀来,照着他的后心,"扑哧"就是一刀,把他宰了。

黄元御见此情形,吓得一腚蹲在地上,半天才反应过来,起来就给庆山和"侄子"行礼:"多谢二位贤侄救命大恩。"

庆山说："说哪里话! 您治好了我的病,又救了俺爹的命,您才是俺的救命恩人！咱们赶快上马走吧。"

两人又送了一程，临分手时，庆山含着泪说："您这次回去，最好另搬个地方，免得他们再去纠缠，我兄弟两人也得远走高飞，另外去寻出路了。"

原来那个上山送信的"侄子"，是庆山的叔伯兄弟假扮的，这是那天黄元御送庆山父亲下山时定好的脱身之计。幸亏靠了他们的真心帮助，黄元御才脱离了匪窟。

为了避免匪徒们再来纠缠，黄元御举家搬迁，到昌邑城里开药铺去了。

（王云峰　搜集整理）

歧途悲歌

　　李雪芳今年19岁,是个十分秀丽漂亮的大姑娘,她平时最爱打扮,画眉、修脸,描指甲,浑身上下珠光宝气。她自恃有一副好外表,就天天梦想着能拍电影、上画报。高中毕业后,她考过电影学院,因为气质太差而被淘汰;考过时装表演队,又因为缺少乐感而落选;千挑万拣,处处碰壁。正当她百般无聊的时候,恰巧南方宾馆招聘服务员,她前去一试,总算谋到了一份职业。为此,李雪芳常叹自己生不逢时,只望有朝一日能跟上个百万富翁漂洋过海,到国外去当个华侨。

　　这天正逢李雪芳值班,从外面进来两个打扮入时的青年人,他们分别拿出香水名片,很有气派地朝柜台上一扔,要求住宿。李雪芳接过名片,只觉得一股香气直扑脑门,她慌乱地朝名片上看了一眼,只见上面写着:香港可立达贸易公司。一个叫仇君生,一个叫金中达。啊,是港商!李雪芳立刻满脸堆笑,忙不迭声地说道:"欢迎,欢迎,看你们满头大汗的样子,一定是路上辛苦了,快坐下歇歇。"只见其中一个青年人拉开黑皮包,拿出几张港币递了过来:"小姐,小意思,不成敬意。"李雪芳知道遇上了财主,她喜滋滋地接过钱,故意嗲声嗲气地说道:"哟,让您破费了,你们等着,我给你们安排一个最好的房间。"不一会,李雪芳把他们带进了301房间。

自从结识了这两个港商,李雪芳的服务热情犹如火炉边的温度计——直线上升,她又是送水,又是送画报,有事没事总爱往他们房间跑。第二天一大早,她提了个拖把,又到301房间拖地板来了。

此刻,301房门虚掩着,李雪芳轻轻推门进去,见只有仇君生一个人侧着身子在呼呼鼾睡。李雪芳不敢惊动他,就轻轻地扫起地来。才扫了没几下,她的眼睛突然一亮,心口"怦怦"狂跳起来,原来,她发现在床头柜底下,有一只胀鼓鼓的钱包。李雪芳禁不住朝四下望望,又轻轻地咳嗽一声,仇君生仍然在不紧不慢地打着呼噜。李雪芳心里琢磨开了:港商嘛,钱来钱去似哗哗流水,一天还不挣个千儿八百的,掉这么个皮夹,就像是大牯牛身上拔根毛,不捡他们的便宜,还捡谁的便宜? 想到这里,李雪芳一个箭步过去,手脚麻利地拾起钱包,装进了自己的口袋。随后,她立刻蹑手蹑脚地退出房来,到僻静处悄悄打开一瞧,嗬,厚厚的一迭人民币哩!

中午,李雪芳为了探个虚实,故意抱了两个热水瓶走进301房间。见仇君生和金中达正在有滋有味地喝着咖啡,李雪芳立刻撒娇似地说道:"啊哟,你们吃什么好东西呀?"仇君生笑呵呵地起身走了过来,接过热水瓶,感激地说:"小姐,您的服务态度真棒,来来来,请沙发上坐,一起喝杯咖啡。"旁边的金中达赶紧起身从里屋拿出一只杯子，"刷"倒了满满一杯，又加进一大块糖，恭恭敬敬地端过来："小姐，请尝尝，这是正宗的雀巢咖啡。"李雪芳看他们俩的样子，心里的石头落了地，便也不再客气，往沙发上一坐，接过咖啡喝了一大口。仇君生高兴地竖起拇指称赞道："小姐真是个痛快人，来，为我们的友谊，干杯！"

喝完咖啡，仇君生仿佛是不在意地问道："小姐，我想问个事，不知您能否告诉我?"李雪芳心里一紧，要紧说："什么事呀?""嗯，上午我丢了个皮夹，不知……""什么?"李雪芳神经质地从沙发上弹起来，她满脸通红地掩饰道："先生，您怕是开玩笑吧，大白天……""小姐，别急嘛，钱我有的是，不过是想把情况弄弄清楚。"李雪芳下意识地捂住口袋，含糊地搪塞道："我、我确实不知道。"坐在一边的金中达，一直眯缝着眼注视着李雪芳的神态，这时便凑上来说："小姐，我给您看样东西。"说着，把一张照片递了过来。李雪芳接过来一看，顿时像戳破的皮球，瘫倒在沙发上，原来，照片上自己正拿着钱包朝袋里放。"你，你们……"仇君生看着李雪芳惊慌失措的样子，开心得哈哈大笑起来："小姐，服务员偷旅客的钱包，反映上去，您可是要吃不了兜着走啊，这一来，小姐您在南方宾馆可就……"此时，李雪芳只感到舌尖发麻，脑袋胀得厉害，浑身一点力气也没有。她想到自己的名声和前途，口气不由软了下来，慌忙掏出钱包，哀求道："先生，我一时糊涂，拿了你们的钱包，请你们帮帮忙，千万别向领导反映。"那两个人互相交换了一下眼神，仇君生走过来，将钱包又塞进了李雪芳的口袋，宽宏大量地说："小姐，别害怕，我们是开个玩笑，放心吧，我们还会在乎这点钱?"听了这番话，李雪芳悬着的一颗心才慢慢地放了下来。此刻，她感到人昏昏沉沉的，只想睡觉，便强打着精神说："太谢谢你们了！我走了。"这时，只见金中达一下子冲了过去，用身子堵住房门，仇君生嬉皮笑脸地凑上来说："小姐，咱们不是交个朋友嘛，来，再坐会吧！"一股冷气从李雪芳后脊梁升起,只见那两人瞪着色迷迷的眼睛,贪婪地一步步朝她逼过来。李雪芳吓得朝旁边一躲,惊恐万分地问道:"你们、你们想干什么?""干什么?小姐,这事不是私了吗,我们帮了您的忙,您多少也得有点儿表示吧?哈哈……"仇君生一伸手,将李雪芳揽进了自己的怀抱。

此刻李雪芳把柄在人家手里,自然不敢高声喊叫,她一边挣扎,一边苦苦地哀求:"先生,别这样,快放了我吧。"那两个人哪还顾得上客套,像饿狼般地扑了上来。李雪芳只感到天旋地转,渐渐地失去了知觉。

原来,这两个青年根本不是什么港商,而是地地道道的流氓骗子,他们借着搞长途贩运,开着卡车到处作恶。这次他们住进南方宾馆,一见李雪芳,就从她的言谈举止中看出她是个爱虚荣、贪小便宜的人,就不断地投其所好,在暗中设下了阴险的圈套。李雪芳果然一吊就上钩,不但拿了钱包,还喝下了那杯放有大剂量安眠药的咖啡,眼下药力发作,姑娘再也无力呼救,只好任由他们摆布了。

也不知过了多久,李雪芳晃晃悠悠地醒了过来,她乏力地用手揉了揉眼睛,从破旧的蚊帐里望出去:这是一所木质结构的住房,大概是长年累月的烟熏,房顶黑得发亮,墙上挂着猎枪和各种兽皮,房内尽是些粗糙的木头家具。"我怎么会睡到这张硬板床上的?"李雪芳正在纳闷,就觉得身旁有什么东西一动,她用手一摸,顿时身体像掉进了冰窟窿,冷得不住地颤抖,"妈呀"一声喊叫起来。原来,她身旁躺着一个赤身裸体的男人。

李雪芳的喊声把身边的男人惊醒了,他侧过身来,抱住李雪芳,又亲又摸,嘴里还不住气地乱嚷:"美人,美人,你可醒了。"李雪芳手脚慌乱地挣脱了对方的搂抱,一把抓过身边的衣服,惊恐地喊道:"你、你是什么人?我、我怎么到这里来了?"那人傻乎乎地笑笑:"嘀嘀,我叫黄富贵,出三千元钱把你买下了。从今天起,你就是我的婆娘了。"

"轰"这番话犹如晴天霹雳,在李雪芳头顶炸响,震得她金星直冒,到这个时候,逝去的记忆才慢慢地从她脑海里流了出来,她想起了南方宾馆那令人耻辱的一幕,不由失声痛哭起来。黄富贵穿上衣服,不耐烦地骂道:"半夜三更嚎什么鬼呀,我们山里有吃有穿,还会亏了你?""什么,我被卖到山里来了?"李雪芳瞠目结舌,呆了好大一会,仿佛不相信对方说的是真话,半天才想起朝窗外瞧。这一瞧,就觉得头皮发麻,脸色发白!一点不错,外面是一片黑压压的大森林,"哗"一阵夜风刮过,传来令人毛骨悚然的声音。李雪芳的身子顿时矮了半截,她强忍惊恐,又打量一眼那个男人,只见黄富贵长得五大三粗,脸上尽是一块块横肉,两只眼睛直瞪瞪地盯着自己的胸脯,口水不断地从兔子嘴里滴下来。李雪芳又气又害怕,大着胆子说:"你强逼人成亲,不怕犯法吗? 快让我回家!"黄富贵惊讶地抬抬头:"什么犯法? 老子出了钱,你就得归我。"李雪芳见碰上这么个愚昧而又凶狠的男人,知道没有什么好说的了,拉开房门就想朝外跑,黄富贵一看火了,抽过一根木棍,劈头盖脸朝着李雪芳一阵毒打,直打得李雪芳"爹呀、妈呀"叫苦不迭。

第二天,黄富贵硬拉着李雪芳去拜见公婆、小姑和四邻亲戚。尽管李雪芳又跳又闹,寻死觅活,但在这人地生疏的山庄里,她就跟笼子里的小鸟一样,再凶也是人家手中的玩物。

俗话说得好:"不吃黄连,不知糖甜。"落到这种地步,李雪芳后悔得心都要碎了。现在真是叫天天不应,喊地地不灵,受尽了污辱,吃尽了苦头。李雪芳越想越伤心,越想越后悔,止不住眼泪、鼻涕直往下掉,哭成个泪人一般。当下,她把心一横,与其这样像猪狗似地活着,不如早些一死,万事罢休。主意打定,李雪芳便注意起寻死的机会来了。

大千世界,要死还不容易? 这天晚上,李雪芳见大衣柜下有几包药老鼠的"磷化锌",便悄悄地捡了起来。她见黄富贵还没回来,要紧在菜橱里拿出一瓶白酒,自己给自己倒了满满一大碗,将磷化锌调好,准备喝下去一死了之。想想自己就要告别这个世界,她不由得一阵感慨,自己今年只有19岁,19岁啊,正是风华正茂的时候,她想起了家中的父母双亲,想起了平日里要好的小姐妹们,也不由得想起了宾馆领导对自己的教育,心里真是翻上翻下,实在不是味道。她恨那两个流氓,更恨自己太轻率。罢,罢,罢,后悔药难吃呀!

李雪芳双手颤抖着就想去端酒碗,突然房门被打开了,黄富贵从外面闯了进来,他见李雪芳在喝酒,顿时高兴得手舞足蹈:"哈,想不到美人也会喝酒,来,快陪我一起喝。"李雪芳见他伸手要夺酒碗,紧张得连气也喘不过来。黄富贵再凶,可他毕竟还够不上死罪,自己死,何必还要找他作垫背呢?所以李雪芳用力按住酒碗:"不、不,这酒你不能喝。""嘻嘻,我就爱喝你喝过的酒。"黄富贵见了这个如花似玉的姑娘,浑身火辣辣地发烧,他再也顾不得喝酒,抱住李雪芳狠命地亲吻起来。这些天,李雪芳连惊带吓,神经变得非常脆弱,被这个粗胳膊粗腿的男人一折腾,两眼一黑,又失去了知觉。

过了很久,李雪芳才慢慢苏醒过来。她转过脸一瞧,人"腾"地就竖直了,只见黄富贵口吐鲜血,赤条条地躺在地上,身旁还有一只打碎的酒碗。李雪芳大着胆子过去推了推,黄富贵身体已经开始发凉。一定是误吃了那碗毒酒!李雪芳见出了人命案,吓得魂飞天外,再也不敢久待,夺门便逃。

天墨黑墨黑,伸手不见五指,茫茫无边的山林,不时传来一阵阵野狼的嚎叫声,平添了一种恐怖的气氛。李雪芳从未走过山路,也不知东南西北,巨大的恐怖感使她不顾一切地在崎岖的山路上狂奔。跌倒了,爬起来;爬起来,又跌倒。也不知跌了多少跟头,鞋子不知什么时候跑丢了,娇嫩的双脚踩在荆棘碎石上,留下殷红的血迹,脸上、身上被树杈枯藤划得青一道、紫一道的,但她一点也不觉得痛,脑中只有一个念头:"跑,快跑!"

突然,李雪芳感到有双毛茸茸的手搭住了自己的后肩,一股强烈的腥臊气灌进了她的鼻子里,呛得她几乎喘不上气来。李雪芳惊叫一声,用力转过身去,只听"哧溜"一声,身上的衣衫被撕破了。李雪芳惊恐地朝前一看:一只长满黑毛的山猴,正舞着破衣片,"嗷嗷"地怪叫着,直朝自己做着鬼脸。李雪芳浑身的神经紧张得几乎要崩断,她捡起地上的石块,狠命地朝山猴砸去。

经过这场恐吓,李雪芳全身的精力几乎都要耗尽了,她疲惫不堪地喘着大气,但在这黑乎乎的山岙里,多停一分钟,就多增加一分危险,她咬咬牙,拼死命一步一挨地朝前走去。

天慢慢地放亮了,李雪芳爬过一个山头,突然影影绰绰看见前面有个小山庄,还有一家人家亮着灯。李雪芳大喜过望,拼着最后一点余力,向那户亮着灯的人家奔去。一推房门,李雪芳惊骇地倒抽一口冷气,一双手不由自主地捂住了剧烈起伏的胸脯,大颗大颗的冷汗从额角滚落下来。这是怎么回事呢?

原来,李雪芳像只无头苍蝇,黑天瞎地跑了大半夜,谁想到兜了一个大圈子,最后又跑回了黄富贵的家。

再说黄富贵的母亲半夜起来拉尿,见内屋房门大开,有些奇怪,进去一瞧,见儿子死在房中央,立刻拍手蹬脚,呼天抢地地闹将起来,全家人正在四处寻找凶手,想不到李雪芳却自动送上门来。当下,老太太把三角眼一瞪,恶狠狠地骂道:"好大胆的小淫妇,竟敢把我儿子杀了,来呀,把她吊到外面大树上去。"李雪芳的精神支柱彻底垮了,她一声惨叫,朝地上栽去。旁边有个姑娘见李雪芳披头散发、伤痕累累的样子,实在有些于心不忍,就过来劝道:"妈,看她是个可怜的姑娘,何必要出她的丑呢?再说,我哥怎么死的还没弄清楚,可别冤枉了她。"老太太一听,老大的不高兴:"不是她杀了你哥还有谁啊?别啰唆了,自古杀人偿命,快把她扔出去喂狼!"姑娘见母亲一副不依不饶的样子,不由灵机一动,赔着笑脸说:"妈,你别急嘛,咱山里人历来做事光明正大,先把她关起来,待她醒来,把事情讲清楚,让她死也死个明白。"老太太这才微微点点头:"好吧,这淫妇就交给你,可千万别再让她跑喽。"

李雪芳这次昏厥,睡了整整一个白天,一直到半夜才醒过来。她刚想挣扎着爬起来,就觉得头顶被人狠命拍了一下,随即传来低沉的吆喝声:"躺着回答我的话。"李雪芳抬眼一瞧,见是黄富贵的妹妹黄富妹,立刻明白了是怎么回事。她哭哭啼啼地叫道:"冤枉,冤枉啊,我没害死你哥,我……""别叫了,我哥哥是怎么死的,你老实说出来,不然看我怎么收拾你!"这一问,把个李雪芳的感情闸门给打开了,这些天耻辱痛苦的遭遇,像走马灯似地在眼前一幕幕闪现,刺得她揪心摘肺般地疼痛。李雪芳再也顾不得羞耻,从南方宾馆受骗,到黄富贵误食她准备自杀的毒酒,一直到山地里的遭遇,怎么长、怎么短,一古脑儿全吐了出来。末了,她痛苦地哀求道:"好妹妹,都是虚荣心害了我,看我现在人不像人、鬼不像鬼的样子,还有什么脸面再见人,你就把我杀了吧!"

黄富妹弄清楚了事情的原委,不免为李雪芳的不幸而难过得掉下泪来。她睁着血红的眼睛说道:"姐姐,那两个流氓太可恨了,你一定要找到他们,这仇不报,你死不是白搭了吗?"李雪芳痛苦地摇摇头:"唉,你哥的死我还说不清呢,怎谈得上报仇?"黄富妹一听,命令似地说:"你起来,把衣服穿上,我送你下山!"李雪芳闻听此话,眼睛瞪得老大,一时吃不准对方的真正意图。黄富妹急了:"好姐姐,我哥虽说自己吃了毒酒,可现在你就是浑身都长嘴巴,也辩不清啊。快跑吧,再晚,你的命就没了。"

当下,黄富妹就领着李雪芳乘着夜雾匆匆朝山下跑。没跑出多远,就听后面人声喧哗,不一会,只见村里人举着火把从后面追来,黄富妹见李雪芳一步三摇晃的样子,知道她身子虚弱,坚持不了多久,不由得着急起来:"这怎么办啊?"事到如今,李雪芳再也不想连累他人了,她凄惨地笑笑,说:"好妹妹,你快走吧,我自找的灾难,就由我自己顶了吧。"黄富妹朝四下望望,断然摇头:"别说傻话,你先在这草丛里藏好,待我把他们引开后,你就顺着那条溪水朝下走,走到底就是公路,到时,你拦汽车就能回到省城。姐姐,你千万别灰心啊!"这些天,李雪芳还是第一次听到如此亲切的话语,感动得热泪"叭嗒叭嗒"直朝下掉,她紧紧抱住黄富妹:"好妹妹,我走了,你怎么办呢? 姐姐我是个没出息的人,还是让我去死吧!"黄富妹见后面喊叫声越来越近了,不由冒起火来:"瞧你,哪来那么多废话。记住了,咱山里人脾气虽然暴躁,但心是淳朴、正直的,希望你不要记恨我哥哥!"说完,她硬把李雪芳按倒在草丛里,自己故意"稀里哗啦"地拨草朝另外一条山道上奔去。

李雪芳经过千辛万苦,终于走下了山。说巧也真巧,她刚来到公路边,就发现前面有辆大卡车停在那里,奔过去一瞧,驾驶室里没人,等了一会,还是不见人来。此刻,李雪芳感到又累又饿,上下眼皮直打架。她心想:与其这样干等着,还不如先到车上去休息一会,等驾驶员来了,再打个招呼也不迟。就这样,李雪芳艰难地爬上车,见车厢里装了不少纸箱子,也顾不得细看,就找了个空处坐了下来。这一坐可不得了了,全身骨头立刻像散了架似的,脑袋一耷拉,立刻呼呼大睡起来。

也不知过了多久,汽车的上下颠簸把李雪芳给颠醒过来了,她直起腰,四下一看,啊呀,高兴得差点蹦下车去。眼前的一切竟是那样的熟悉! 熟悉的城市,熟悉的街道,熟悉的商店! 眼前那座宏伟漂亮的建筑物,不正是南方宾馆吗? 李雪芳兴奋地敲起车厢顶:"停车,快停车!"开车的听到喊声,好生奇怪:车上何来搭客? 要紧刹车,两颗脑袋同时探了出去,"啊呀"一声,双双直翻白眼。

这又是怎么回事？原来那两个开车的，就是化名仇君生和金中达的流氓，他们在南方宾馆将李雪芳奸污后，就把她装进车开到山里，卖给了黄富贵。随后，他们以为万事大吉，就在山里收购土产。这也是麦子掉进针眼里——巧上加巧，今天他们在回城的路上，停车到公路旁的饭店里吃了一顿，想不到这个时候李雪芳爬上了车，就这样，他们又把李雪芳给"送"了回来。

此时，仇人相见分外眼红，李雪芳也不知哪里来的胆量，"刷"地一下从车上跳了下来，大喊一声："抓流氓……"路旁行人一听，纷纷围了上来，人多势众，终于把这两个家伙送进了公安局。

（吴　伦）

怪诞显奇

苦和甜来自外界,坚强则来自内心,来自个人的自我努力。

会动的棺材盖

　　一天清晨，从福建一座县城里，风驰电掣般地开出一辆大卡车，开车的是一个四十岁左右的中年人，名叫马乐乐。他这个人一副乐观脾气，凡事都喜欢乐，加之乐于助人，别人求他搭个车，或捎带点什么，只要能办到，他从来是有求必应，因而很得众人的欢喜。

　　马乐乐昨天给县里送了一车货，今天回来是空车，正好，他又帮一位73岁的老太太捎带了一口寿材。

　　此时，天空灰蒙蒙的，好像要下雨了，当汽车开到枫树坳时，天已微亮，这时，前面有一位老大爷在招手。

　　马乐乐停了车一看：这位大爷约六十左右年纪，白发银须，身穿蓝布褂子，腰扎布巾，脚蹬一双轻便布鞋，肩上背着一个小挎包。他请求说:"司机同志,我老伴儿病了,赶了一天夜路,想搭你的车子,请行个方便吧!"

马乐乐见是一位老大爷,老伴又病了,二话没说,打开车门,说:"请上来吧!"

"谢谢,谢谢! 我……我就在后面站站行啦!"老大爷攀住车杠,双脚只一跺,"噌"就上了车。

老大爷上车不一会,就下起了毛毛细雨。他没带雨具,经风一吹,不由打了个寒噤。怎么办呢? 一看,哟! 车上有一口棺材,高大厚实,漆得乌黑锃亮。行! 就到里面躲躲雨吧。于是老大爷揭开棺材盖,就钻了进去。因赶了夜路,身子有些疲乏,随着汽车的颠簸,老大爷就像躺在摇篮里一样舒服,很快便呼呼睡着了。

马乐乐见下起了小雨,担心那老大爷被雨淋着,有心叫他到驾驶室来避一避,哪知连喊几声,也没见人应。他停下车,探起身子一望,咦? 老大爷怎不见啦? 他什么时候下的车? 马乐乐也没细想,开了汽车继续往前奔。

汽车上了一个陡坡,不料却有一棵大树横在公路上。马乐乐煞住车,正准备下车把树搬开,忽听"噌"的一声,从山坡上窜出一个人来,一下跳上了驾驶室的脚板。马乐乐吓了一跳,扭头一看,只见此人三十上下年纪,高个子,身穿解放军服装,背着一只黄布挎包;在他身后,还跟着一个女的,拎着一个沉甸甸的大皮箱。那男的笑眯眯地说:"司机同志,帮帮忙吧。"那女的也上前来央求说:"师傅,行个方便吧! 我们要赶火车回部队,要不就迟到了。"

马乐乐见此人冒冒失失,本想发火,可一看是两位解放军,便打开车门,说:"行! 驾驶室坐一个,后面再上一个吧。"

按一般常规,总是女的坐驾驶室,男的上车厢,可这两人恰恰相反,男的倒先挤进了驾驶室,那女的也好像很乐意地爬上了车厢。

马乐乐移开了大树,便开动了车子。约摸行驶了三十多公里,前面到了一个岔路口。向左,到地区;往右,是海滨。马乐乐正要把方向盘转向左,突然,"笃"一个尖尖的硬家伙顶在了腰上,只听那个男的恶狠狠地说:"往右开,要不,我就捅了你!"

马乐乐这一惊非同小可,糟了! 碰上劫车的了! 他只怪自己太麻痹了,坏蛋冒充解放军,我怎么没看出来呢? 唉! 事到如今,雪亮的尖刀顶在腰上,有什么办法呢? 他只好把方向盘往右打了。他一边开着车,一边想:这两人准是想从海上逃跑,他们是特务,还是走私犯呢? 反正不是好人。我不能让他们从我的手上逃脱,得想办法对付他们。

再说那位老大爷,在棺材里美美睡了一觉,此时醒了过来,不知到了什么地方了,雨还下不? 他感到有点气闷,就把棺材盖顶了起来,伸出一只手试试雨停没停。这一伸手不打紧,却把车上那个女的吓了个一佛出世、二佛升天。她刚才靠在汽车栏杆上,见车上有口棺材,心里就有些发毛,如今忽听"吱嘎"一声响,棺材盖顶了起来,从里面伸出一只像鸡爪子般瘦黑的手,一个女人,能不害怕吗? 可是,车子在开着呀,跑也没地方跑呀! 咋办呢? 她想起了一句俗话:棺材里伸手死要钱。莫非这个"鬼"知道我这钱来路不正,就伸出手要跟我分赃吗? 想着,赶紧打开皮箱,拿了两块银元,往那只干瘦的手上放。这一放,把那位老大爷也吓了一跳。他用手捏捏,咦! 怪哩! 怎么下起银洋"雨"来啦? 天底下有这样的好事? 想着,他又伸出手来,叉开五个指头,这么捞了几下。那女的一看,哟! 这"鬼"嫌少,瞧他那五个指头叉开,大概是要五块吧? 便又拿出五块银元,往那手上一放。老大爷更奇怪呀:这是怎么回事呀? 对! 出去看看。他把棺材盖一掀,"腾"跳了出来。这下可不得了啦! 那女的以为是诈了尸哩,两腿一软,"扑"一头撞在铁栏杆上,立刻昏了过去。

老大爷见一位女解放军倒在车厢里，不由得后悔自己的鲁莽行动，闯下大祸啦。他正要去把女的扶起来，一看，呀！那裂开的皮箱里滚出了许多银元和金银首饰。这……这是怎么回事？莫非她是个走私犯？想着，便走到车厢头，准备叫司机停车。不料，此时汽车却突然左歪右拐，像扭秧歌似地乱摇乱晃起来。怎么回事呢？原来马乐乐正在跟犯罪分子搏斗哩！

刚才，马乐乐遇上劫车的歹徒，心里再也乐不起来了，紧张得很哪！因为刀子顶在腰上，又动弹不得。可他脑子里一直在翻腾着：怎么办？怎么办？大概是急中生智吧，他还真的想到了办法。想到啥办法呢？他决定把车撞翻，来个鱼死网破。马乐乐决心已下，见前面有一方陡立的大山石，一咬牙，开足马力，转动方向盘就要往山石上撞去。那歹徒看出不妙来，就急忙来抢方向盘，两人便在驾驶室里搏斗起来。

老大爷探头一看，心里明白了几分，他抓了一把银元，对准歹徒的脑壳，"咣当"一声砸个正着。歹徒一愣神，马乐乐趁机煞了车，猛力一推，两人便滚到地上，扭打起来。

两人正打得难解难分，老大爷喊了一声："司机同志，你闪开，让我来收拾他！"说着，纵身一跳，犹如大鹏展翅，轻轻落在那歹徒的身后，劈手就是一掌，只听"呼"地一阵风响，歹徒知道不好，赶紧一个"鲤鱼打挺"躲了过去。那老大爷对司机说："你去把车上那个女的捆起来，这小子交给我了。"马乐乐见老大爷身手矫健，知道他有些本事，便放心地去绑那女的去了。

那歹徒见凭空里杀出一个老头，而且身手不凡，便一拱手说："老哥！都是江湖上的人，有话好说，如果你需要什么，我可以双手奉送，不要伤了和气。"

老大爷说："我啥也不要，就要你们这一对狗男女。识趣的话，老实跟我走，免得你大爷动手！"

歹徒一听，鼻子一哼："嘿嘿！那就看鹿死谁手吧！"说着，

"刷"亮出匕首,恶狠狠地朝老大爷当胸刺了过来。

那老大爷不慌不忙,伸出一双鹰钩一样的手,这可是练铁沙掌练就的,非同一般。原来,老大爷是这一带颇有名气的民间武术家!只见他手一张,眼一瞪,这是武当山的内功,挺着胸迎上去,只听"咔嚓"一声,那把匕首犹如砸在石头上。歹徒转身想逃,老大爷岂能放过他?三个指头在他手腕上一锉,比刀劈斧砍还厉害,那歹徒"哎哟"一声,便瘫倒在地。

马乐乐赶紧过来,拿了根粗绳,把他捆了个结实,乐呵呵地对老大爷说:"大爷,您真有本事!谢谢您呀!"

于是,老大爷在车后看管着一对狗男女,马乐乐开动车子,直朝地区公安局驶去。后来经审讯,这对男女原来是公安局正在追捕的走私犯。

(刘廷高)

商人失踪

　　在北方，有这么一个习惯，凡是贫穷的单身汉住旅店，都拥挤在一间房里，次日一早，店主便挨房按人数收房租。

　　一天，有一个名叫钱少林的瓷器商人，见天色将晚，就到一家旅店借宿。店主人殷勤迎候，陪着他到了一个房间。

　　钱少林踏进房间，见炕上已躺着两个人，炕头堆放着几匹布，一看就知道是个布商。钱少林因一路颠簸，也无心上前搭讪，解怀脱衣，倒头便睡。

　　谁知刚入梦乡，就被一阵闹声惊醒，睁眼一看，见炕前围着一堆人，为首的一个长得五大三粗，脸上长满密密麻麻的络腮胡子。那人一把撩翻了钱少林的被子，满嘴喷着酒气，含糊不清地嚷着："喂喂，起来起来，老子要买碗！"

钱少林睡眼惺忪地爬起身来,不满地说:"你这人好不晓事,买碗也不看看时候,你没看见我已经睡了吗?"

"嘻嘻,麻雀躲在牌坊上——东西不大,架子倒不小!老子说买就得买,哪怕阎王爷睡了觉,老子也要把他拖起来!你说说,是卖还是不卖?"

钱少林走江湖,卖了大半辈子的瓷器,从来没有碰到过这样的主顾,也火了,嚷着:"不卖,就是不卖!"

那醉汉一听"不卖",火从心头起,怒从胆边生,操起身边的长凳就要往一边的瓷器担子砸。钱少林见自己的血本将要完在那醉汉的手里,便窜上一步,拼死拼活地抱住醉汉的双腿。

这时,那醉汉的同伴和先来的两个布商一起上来劝架,其中一个一把拖开钱少林,劝他走出房间,悄声对他说:"尊兄,我这义弟是个火爆性子,今天又多喝了几杯酒,请多包涵。依我愚见,尊兄还是换个房间,免得惹是生非……"

钱少林被他这么一说,想想也是:和醉汉争什么高低,砸碎了碗碟,还不是我倒霉?想到这里,钱少林忍气吞声,回房挑了担子,一语不发,走出房间。那醉汉还要跳上来寻事,被他的同伴拖住了。

钱少林刚走出房间,店主人也闻声赶来了,见事已平息,就把他安排在隔壁的房间里。

这当口,又有两个人抬着一个大柜子走来,醉汉的一个伙伴连声招呼:"来来,住这里。"又转身对店主人说:"店家,我们弟兄八个都住在这里。"店主人答应一声,又忙别的去了。

钱少林踏进调换了的那个房间,一看,炕上横七竖八地躺着十多个人。他忍住一肚子火气,放下担子,挤在一个瞎子旁边,蒙头便睡。由于刚才莫名其妙地受了一场气,钱少林此刻竟辗转不能入眠,旁边鼾声如雷,他却睡意全无。不知道过了多少时候,刚要合眼,忽然隔壁房间里传来低低的哭泣声,有人悲切地乞求着:"别的东西都不敢吝惜,只求赐还几文路费。"

钱少林听到这里,"噗"一跳,探起身子,侧耳细听。这时,好像是有人答应了一声:"看你可怜,饶你一命。"那个话音刚落,又有一人说起话来,钱少林细细一辨,竟是刚才和自己吵架的那个醉汉的声音,只听见他用低沉的、恶狠狠的声音说:"你不杀他,明天我们的性命都将完在他手里!"接着,就再也听不到一点声音。钱少林思前想后,不觉毛骨悚然:这伙人是强盗,两个布商必死无疑!但转念一想,又觉得有点奇怪:他们刚才为什么要赶我换房呢?八个人对付三个,不是绰绰有余吗?他们应该知道我身上或多或少总也带了一些钱。再一想,又笑那伙强盗太蠢了:你们八个,加上两个布商,这房里应该是十人,现在杀了两个,明天一早店主查点人数不是要露出马脚吗?莫不是他们谋财害命后要连夜潜逃?

想到"逃"字,钱少林再也躺不住了:杀人者不偿命,这天理何在?怎么办?只有叫醒店主,要他今夜严加防范。但一想,又为难了:店主不知睡在哪个房间,逐间叩门去问,很容易使强盗起疑,这样,就画虎不成反类犬了!

钱少林正在抓耳挠腮,说也巧,身旁的那个瞎子摸索着起来小解了。钱少林灵机一动,乘那瞎子站起身来,颤颤巍巍地没走几步,他从瓷器担里抓起几只碗碟,用力往地上掼去,"嚓啦啦"满屋里一阵乱响。钱少林跳起身,一把抓住了瞎子的手腕:"瞎了眼的,你不会当心点,把我的碗都踢碎了!"

瞎子虽然是瞎了眼睛,但是脚有没有踢着东西,心里当然明白的,他连忙申辩着:"出门人说话积点德,不要凭空诬人,我心里明白,没踢着你的碗!"

"你是瞎子,明白个屁! 快拿钱赔我!"

"赔你? 没这个理!"

两人高一声、低一声,把一屋里的人都惊醒了,有责怪瞎子的,有埋怨钱少林的,房里顿时乱哄哄地闹成一片。

店主人听到声音,披着衣服赶来了,问明情由,笑吟吟地对钱少林说:"客官息怒,几只碗,区区小事,我来赔你。"

"那好,拿钱来。"

"你这人也真太小心眼了,我言出如山,不会赖你的,明天给。"

"明天忙着赶路,说不定忘了,那还不是我倒霉!"

店主被缠得无计可施,只得招呼钱少林跟他回房去拿。钱少林一到店主的房里,环顾四处,见没有旁人,便低声把刚才听到的事情密告店主。店主一听,脸色大变,送走钱少林后,急忙悄悄地叫起店里所有的伙计,暗暗观察动静,严密防范。

这以后,整个旅店里再也没有一点动静。不久,雄鸡报晓,天已大亮。还没等醉汉住的那房间开门,店主早已带了一群伙计,暗藏利器、绳索,守候在门口。

一会,门开了,那醉汉和一个同伴抬着大柜子慢条斯理地走出房间,醉汉打了个哈欠,对店主说:"店家,算账。"

店主在一旁数着:"一、二、三……八,还有两个呢?"

店主话音刚落,屋里答应一声:"来啦!"咦,出来了两个贩布商人。店主盯着那两个布商看了又看,昨晚黑夜投宿的人几十个,哪里记得清面目。店主张口结舌,心里着慌,不觉往旁边的房间扫了一眼,喊着:"喂,那位贩瓷器的客人出来!"

钱少林听到喊声,走出房间,一点人数,心中又是疑惑又是慌乱:昨晚听到的声音难道是在梦里? 不,不会! 钱少林强作镇静,走到那醉汉面前问:"你们这房间怎么少了两人?"

醉汉振振有辞:"进房十人,出房十人,怎么说少了两人?"

钱少林冷不防说了一声:"你不杀他,明天我们的性命都将完在他手里!"

醉汉和他的同伴听了这话,顷刻脸色大变。钱少林一步上前,揭开柜子盖,一看:柜里装着两具血肉模糊的尸体。这伙强盗见机关败露,正要夺路溃逃,店主人一声"抓强盗",各房的旅客一拥而出,齐声呐喊,堵住出路,强盗山穷水尽,只得束手就擒。

　　原来,那两个携带巨资的布商早已被这伙强盗盯上了,他们预先叫两个同伙躲在大柜子里,抬入房内,半夜动手后,用两个死的调出柜里两个活的,用以防备次日清早店中查点人数。那假装的醉汉赶钱少林调换房间,也不过是因为人数之故。

(吕　钟　编写)

田野奇事

　　强生嫂的家就在城郊动物园边上。眼下,正是乡下农忙季节,强生嫂拖着个三岁小女孩,整天在田里忙乎,好不容易熬到麦子割好、油菜籽收起,天老爷却翻脸了,只见满天乌云翻滚,还不时传来阵阵闷雷,看样子马上要下雨了。

　　强生嫂见要下雨,赶紧扎紧装满油菜籽的两只布袋,准备挑回家中,突然,想起小女儿还睡在油菜箕里,就放下担子去抱。可是一个女人家有多少力气? 抱了孩子就不能挑担了,看看女儿睡得很香,强生嫂便想:我不如先把油菜籽挑回家,回头再来抱女儿。主意打定,便随手抓起一把油菜箕轻轻盖在女儿身上,这才放心地挑起担子回家。

　　强生嫂到了家里,吓了一跳,家里可是闹翻天了:猪栏里,两头肥猪饿得上蹿下跳,哀嚎声阵阵;几十只三黄鸡一只只扑腾着翅膀,飞出了鸡圈,有的在院子里偷吃场地上的麦子,有的飞进房内,在床上、桌上拉屎撒尿。

费了好大劲,强生嫂才将乱哄哄的局面摆平,她顾不得喘气,就准备去油菜田抱女儿,一推门,迎面撞上刚刚从工厂下班的丈夫强生。

强生见老婆要出门,忙问:"喂,天要下雨了,还要往哪里赶?"

"去咱家油菜田呀。"

南方农村现在不少地方用上了液化气,所以像油菜箕之类的柴草一般是就地烧掉,充作肥料。强生以为老婆去油菜田,是想赶在下雨前点火烧掉那些油菜箕草堆,就随口说道:"别去了,刚才我下班回家,特意绕到油菜田,见菜籽已收走,就点火把那堆油菜箕烧掉了。"

"什么?"强生嫂闻听,如当头一棒,只觉得眼前金星直冒,浑身直冒冷汗,"你把女儿抱出来没有?她睡在油菜箕里。"

"啊!"这回轮到强生淌冷汗了,火借风势,女儿还不早丧了命?强生一急,转身朝自家油菜田跑去。

此刻,强生嫂早已浑身瘫软,哪还迈得动步子,索性蹲下身子"哇哇"大哭起来。哭声惊动了左邻右舍,大伙闻听此事,一个个都傻眼了,好半天,他们才七手八脚地搀起强生嫂,跌跌撞撞地去追强生。

强生发疯一样奔到油菜田,抬头一望,不由心沉了下去。眼前偌大一堆油菜箕,已被一把火烧了个净光,只剩下一堆黑柴灰,在风中飘散着灰烟,哪还有三岁女儿的踪影?强生发痴发呆,好半天才像一头狂怒的猛兽,一头扑向那堆尚有余温的柴灰,双手乱刨,嘴里不住地喊着:"我的女儿呀!"

大伙赶到,一看强生这副模样,心里全明白了,谁也不再开口。

强生嫂一口气没上来,"扑通"跌倒在地,昏死过去。

这里又是一阵忙乱,待把强生嫂整出一口气,就听得远处有人大喊:"快截住它!快截住它!"大家遁声望去,不由得又是一阵骚乱,在灰茫茫的田野上,竟跑来一头大灰狼!狼屁股后面还紧随着一群人。

这真是祸不单行,大灰狼逼近,胆小的一声"妈呃"四下逃命,几个胆大的一边护住强生嫂,一边找东西打狼。可奇怪的是:这头大灰狼跑着跑着,突然双腿一软,歪身子倒下了。

众人见大灰狼突然倒下,一时都摸不着头脑,大家愣了愣,还是鼓起勇气上前看个究竟。真是不看不知道,一看吓一跳,惊讶得都圆睁双眼,合不拢嘴巴。缓过气来的强生嫂,"啊呀"一声,突然像开水烫到了屁股,飞身跃起,连滚带爬地扑向大灰狼。

跟在大灰狼后面追赶的是动物园的管理员们,他们跑过来,上气不接下气地解释道:"大家别怕,这狼是从动物园里逃出来的,刚才已挨了一颗麻醉弹,快,快,狼嘴里的孩子……"

大家这才发现,大灰狼的嘴巴里还衔着一个小女孩,便都围了上去。强生嫂动作最快,一下子从狼嘴里抢下了孩子,仔细一瞧,这不是自己的女儿嘛,用手拍拍女儿的脸,女儿慢慢睁开眼,竟咧嘴笑了。

原来,今天公园里逃出一只大灰狼,路过油菜箕时,衔住了小女孩,想不到阴差阳错,竟做了一件大好事。众人闻听此事,忍不住都说:"巧,真是太巧了……"

(姚喜观)

危 难 见 情

有铁一般的意志,更有温柔情感的人,才是值得我们尊敬的。

九响连环鞭

市塑料厂一车间有两个姑娘。一个叫苏丽娟,人称"一号美人";一个叫郑小燕,绰号"百灵鸟"。两个姑娘好像两朵娇艳的鲜花,引来不少小伙子向她们伸出了求爱的手。

不久,厂生产科有个外号叫"英俊小生"的小伙子何强,赢得了一号美人苏丽娟的心。苏丽娟把这事对好友郑小燕说了,郑小燕提醒苏丽娟说,小伙子外表不错,但不晓得他的心怎样。她俩一商量,决定星期日邀何强去郊游,以便进一步考察。

转眼到了星期日,这天风和日丽,春色宜人,三个人骑着新自行车,顺着宽阔的柏油马路,边蹬车边谈笑,直向郊外驰去。

当他们在超越一辆顺行的马车时,突然一阵风吹来,将马车夫荡在空中的长鞭梢刮了过来,刚巧扫在苏丽娟的脸上。苏丽娟惊叫一声,"扑通"连人带车往马车轮下倒去,何强和郑小燕吓得连眼睛都闭上了。

就在这千钧一发之际,只听"吁"一声断喝,马车夫眼快手疾,双手死命扳住了紧急制动闸,随着"嘎吱——"一声,那辆满载着货物的大车,贴着苏丽娟的胸脯刹住了。接着,一位身穿洗得发白军上衣的年轻马车夫跳下车,惊慌地问:"怎么样?摔得不轻吧?要不要去医院?"

这时,何强突然像一头发怒的狮子,冲上去一把夺过马车夫的鞭子,两手用力往腿上一磕,"咔嚓"一声,长长的鞭杆被折成了两截,"啪"何强把折断了的鞭杆往地上一摔:"臭赶车的,你眼睛瞎啦!不教训教训你不行!"他嘴里骂着,看了苏丽娟一眼。

马车夫皱着眉头,望望何强,又看看地上被折断的鞭杆,嘴唇动了动,但一句话也没有说出来,他慢慢地捡起断鞭杆,轻轻抚摸了几下,然后,跃上车辕,吆喝着马车走了。

苏丽娟虽然受了一场虚惊,但何强保护她表现出来的英勇果敢劲使她感到欣慰,所以她很快恢复常态,微笑着重新跨上了自行车。

中午,他们来到了绿草茵茵的丘陵地带,幽静美丽的大自然,一下子使三个年轻人心旷神怡,他们陶醉了,一直玩到下午三点多钟,才踏上归途。

就在三个人快要上柏油马路时,苏丽娟的车子一下碰到路心一块石头上,"啪"的一声,"大凤凰"前叉折了。

这下怎么办呢?两个姑娘急坏了。可何强却微微一笑,说:"我有办法,咱们到马路上去拦汽车,要不,我背也得把你背回去。"苏丽娟听了这话,心里不禁又是一阵欣慰。

可事与愿违,他们连拦三辆车都未拦下,何强气得大骂不止,三人无可奈何,只好推起车子徒步回城。两个从小娇生惯养的城里姑娘哪走过这么远的路,再加上半高跟皮鞋磨着双脚,那滋味就更不好受了。不多时，太阳落山了，路上没有一个行人，田野一片漆黑。他们眼望着远方灯火映亮的城市，艰难地迈着双腿，朝前走着。

突然身后由远而近传来"嗒嗒嗒"的马蹄声，三个人不约而同停下脚步，回头一看，一辆三驾马车正飞驰而来。就在马车擦身而过的时候，只听何强大喊一声："喂！赶车师傅，请停一停！"

"吁——"随着一声吆喝，马车停了下来。马车夫粗腔大嗓地发问："你们是干什么的？"

何强跨上一步，说："我们的自行车坏了，想搭一下您的马车。"

"唔——"马车夫瞟了他们一眼，迟疑了一下，便瓮声瓮气地说，"好吧，上车吧！"

三个人急忙七手八脚把自行车搬上马车。等他们坐稳后，马车夫一声吆喝："得儿驾！"随着一个响鞭，三匹马立刻撒着欢奔跑起来。

苏丽娟长长地舒了口气，她依偎着何强，眯着眼睛，望着天空的星星，嗅着何强那灼热的呼吸，姑娘有点陶醉了。

"小心坐好！前面过桥了，驾！"马车夫又打了一个响鞭，头也不回，瓮声瓮气地吆喝了一声。苏丽娟坐直了身子，望着马车夫那灰白色的身影，觉得这人声音有点耳熟。突然，她想起上午折鞭子的事，心里一惊：这不正是上午那个被骂为"臭赶车的"马车夫吗？苏丽娟害怕起来，她和何强倚靠得更紧。

"哞——"突然，两匹头梢马嘶叫起来，马车停了。

马车夫高声喝问："喂！干什么的，为什么惊吓牲口？""嗨，赶车的，哥们要搭你的车。"马车夫一听，马上口气软和地说："不行啊，兄弟，我这车上已满载，实在一个人也装不下了。"

"哄弄咱哥们，可不够义气啦……"随着说话声，有两个黑影"噌噌"蹿上了马车。原来，这是两个夜间出来干坏事的歹徒。

两个歹徒一上车，就露出了丑恶嘴脸。一个高个子嬉皮笑脸地冲着苏丽娟："咦，这姐们长得真够意思呀……"另一个矮个子也缠住郑小燕："嘻！这小妞气派也够足呢！嘿嘿……"

两个姑娘吓坏了，她们惊恐地躲闪着，期待着何强的保护。但是，这个白天英勇折鞭子的"英俊小生"这时却浑身颤抖，声音都变了调："你、你们要干什么……""怎么着，小白脸，你想找倒霉?"高个子从腰间"唰"地拔出一把尖刀，寒光闪闪，直逼何强。何强惊恐至极，语无伦次地说："别、别杀我，你们要什么? 给，这是手表，还有自行车……"高个子威胁："去你妈的，哥们今天就要这两个漂亮妞，识相点，快滚下去，不然，给你放了血……"

"我……你们做做好事吧……"何强带着哭腔，苦苦地求饶着。这时，马车夫回过头来看了一眼，又冷笑了一声，连忙扭过头去，佝偻起身子继续赶车。

苏丽娟又害怕又厌恶地看着何强那可怜相，她多么希望何强能拿出白天那股勇气来和歹徒展开搏斗呀！可是她失望了，何强终于丢下两个姑娘，仓皇地跳下车，逃走了。

极度恐惧和绝望使苏丽娟愤怒起来："你们这些流氓、坏蛋……"她大声叫骂着，挣扎着。郑小燕也骂了起来。两个歹徒狞笑着，紧紧揪住她俩，同时叫马车夫快将大车拐下马路，顺着乡间土道，向旷野驰去。

"啪——"马车夫打了个响鞭，高个歹徒一个趔趄，险些摔倒："他娘的，怎么赶车的!"马车夫忙说："是是，……我想赶快点，前面地方僻静宽绰，不正好办事吗?"

苏丽娟心里骂道：这该死的马车夫，他是要借机报复哇！说不定他们是一伙的呢！苏丽娟紧张地望望茫茫四周，暗暗咬住牙，下定了拼死一搏的决心，她用脚轻轻碰了下正嘤嘤啜泣的郑小燕，两个人默默地点点头。

突然，马车轧上什么东西，剧烈颠簸起来。苏丽娟和郑小燕趁着马车摇晃,同时用头猛地向两个歹徒撞去,然后,跳下大车,拼命奔跑,绝望地呼救。

可是,她们没跑出多远,就被两个歹徒抓住。顿时,四个人扭作两团,厮打起来。两个姑娘哪里是歹徒的对手,几下就被按倒在地上,歹徒像野兽一样开始撕扯她们的衣裳……

"住手!"在这万分危急的关头,突然响起一声炸雷般的怒吼,两个歹徒像触电似的撒开手,直蹦起来。

怒喝者正是马车夫!只见他站在五米开外的地方,一手叉腰,一手执着那根赶牲口的长柄鞭子,威风凛凛,好似一头咆哮的雄狮。

"他妈的,你活腻味了!"两个歹徒站起来,"唰、唰"拔出两把明晃晃的尖刀,向马车夫逼过来。啊!苏丽娟和郑小燕的心被这可怕的情景紧紧攥住了,忘记了自身的危险,直愣愣地瞅着这场即将爆发的恶战。

两个穷凶极恶的歹徒冷笑着步步逼近,马车夫在退却,一步、两步……突然,他猛地双腿一叉,闪电般抖开手中长鞭,只听鞭梢带着呼啸,"啪——"一声震耳的炸响,大个子歹徒一声嚎叫,跌坐在地上,"哇哇"乱叫起来。

"啪啪——"紧接着又是两声鞭响,那个矮个歹徒像被开水烫着的兔子,双腿一蹦老高,倒在地上,抱头打滚。

"滋味不错吧?我说这儿宽绰好办事嘛!"马车夫嘲讽地怒骂,"别说你们两个孬种,就是那调皮捣蛋的牲口,我一鞭子下去,也叫它耳根底下开花!怎么着……还不服气?请来吧!"

两个歹徒挣扎着爬起来,还想反扑。

"好啊!我叫你们这两个畜生再尝尝俺这九响连环鞭的滋味!"

"啪——啪——啪——"马车夫像武侠传奇电影中的英雄,双手抡圆鞭子,一下接一下狠狠抽打起来,嘴里还不停地骂着:

"畜生！流氓！……我问问你家有没有姐妹……畜生！流氓！我叫你……"一声怒骂，一声鞭响；一声鞭响，一声哀嚎。两个歹徒在地上滚动着，抽搐着，哀求着："饶了我们吧……下次再也不敢了……"

苏丽娟和郑小燕被这惊心动魄的场面惊呆了。

这时候，有串灯光在远处的马路上闪烁着，停了一会儿，灯光向这边移来，原来是公安局的摩托车巡逻队循声驶来了。

两个歹徒已被鞭打得动弹不得，只能束手就擒。

混乱中，马车夫趁人不注意，悄悄赶车走了。苏丽娟跌跌撞撞顺着马蹄声奔过去，一面挥手，一面激动地喊："同志，请停一停……请留下姓名啊！"

马车没有停下，只听黑暗中传来了响亮的声音："姑娘，这算不了什么。记住我就是曾被你们嘲笑过的那个马车夫就行了！再见，城里的姑娘！"马车渐渐在那颠簸的乡间土道上消失了，只剩下远方偶尔传来的一两声鞭响……

苏丽娟停下脚步，呆呆地望着前方茫茫夜空，泪水不由涌了出来。这时，郑小燕也默默地走了过来，两个姑娘紧紧抱在一起，哭了。

（孙明杰）

悬崖父子情

　　长白山脉有个小山村，叫老虎砬子村，是个十分偏僻荒凉的地方，全村只有百十号人口，连学校都没有，几个天分好并且有毅力的孩子上学读书，便要翻过一道大山，去十几里外的邻村小学校，酷暑严寒，风里来雨里去，受尽了艰辛。

　　孩子中有个叫段明奎的，虚岁十五，由于他学习成绩最好，遇事沉着有主见，便自然成了这些"走读生"的孩子王。

　　这是个冬天，赶上礼拜天，段明奎不用到校，便约上几个年龄相仿的孩子去捡干柴。深山老林，干柴不缺，拉回一爬犁，日头还挺高。段明奎匆匆吃了饭，又拉着空爬犁，直奔一个叫李家沟的地方，他要贪点黑，再拉回一趟。

　　段明奎拼命干活的原因，是为他的继父。自从随娘改嫁到继父家,他就觉咋瞅咋不顺眼,小小年纪,对继父有了种本能的抵制情绪。几年来,他一声"爸"也没叫过,尽管继父待他很好,可他心里早打定主意,多干活,少欠继父的情,待将来有了能耐,甩给对方一些钱,各走各的路。

段明奎来到李家沟时日头刚磕山,他猛想起阴坡鹰愁峰上干柴多,但那地方险,一般人上不去。他瞅准了,把爬犁放在崖下,从侧面缓坡绕上去,捡了干柴从悬崖扔下,毫不费力,待扔够一爬犁,再从原路返回,省时又省力,段明奎很为自己的聪明而洋洋自得。

段明奎正高兴,猛一回身,吓得他头发一根根全竖了起来:不知啥时候,他背后站着一只狼!这个山里孩子虽然一千遍一万遍地听老辈人讲过狼的故事,可真狼却从未看到过,而今天站在对面的这东西,他只一眼便确认出,是狼!这只狼瘦骨嶙峋,四条腿细而高,那双眼睛半睁半闭,对眼前的猎物似乎不曾认真细瞅,然而,那双狼眼射出的凶光,还是刺得段明奎打了个冷战。

这可如何是好?段明奎手中本来有斧头,但方才只顾往崖下扔干柴,斧头却倒插在雪地上,斧头此刻在狼身边,已经无法拿到。再说,即使给一把斧头,让一个十五岁的孩子在雪地里对付一只恶狼,这也是凶多吉少。

段明奎记起山里老猎人的一句话:"狗怕弯腰狼怕蹲。"假如手里有两块石头,他能壮壮胆。他石头打得又准又狠,一块石头击中对方,另一块牢牢地抓在手中,说不定能把狼吓退,再伺机抢到斧头,那处境可要比现在好得多。可是,天寒地冻,大雪没膝,他到哪儿找石头去?

恶狼并不急于扑上来,它蹲在雪地里,把猎物足足盯了有十分钟。段明奎暗暗叮嘱自己:"沉住气,别害怕。"可两条腿不听指挥,开始微微发颤,后来竟"突突"地抖了起来。

恶狼开始进攻了。这畜生不是扑上来,而是绕着段明奎呈半圆形来回走动,大概是要分散段明奎的注意力吧。斧头离段明奎很近,他应当抓住机会把武器抢到手,最好能往上冲过十米,那儿有一棵小树可以倚一下,而他附近只有树桩。

机会来了,恶狼又绕到左上角,段明奎脚下一用力,想冲上去抢斧头,谁知那狼不但凶狠,并且狡猾,刚才来回绕圈子不过是假动作,这边稍稍一动,它纵身一跳,已先抢到了斧头边。此时段明奎若弯腰拾斧头,整个后脖梗便会全部暴露给对方,恶狼一口就会把他的细脖梗咬断。

段明奎见恶狼如此灵活,大吃一惊,急忙站住。可是晚了,山峰上雪薄,雪下落叶被他踩动,他"噗"地滑倒,借着惯力滑过五米缓坡,直往崖下冲去。段明奎只觉"轰"地一下,大脑便失去了知觉。

短暂的昏迷大约只是一两秒钟,段明奎睁开眼,妈呀,这是在哪?鹰愁峰垂直高30米,陡峭如斧劈刀削一般,连老鹰都找不到落脚的地方,段明奎还算幸运,从鹰愁峰坠下一米左右时,恰巧被绝壁上的一株小映山红挡住。但他往下一看,直吓得魂飞魄散,说不上什么时候,小树就会压断,到时自己就会随着一声惨叫而化作一团肉泥。

天渐渐地黑下来,一弯新月悄然挂上西天,像一只独眼,淡漠地看着这冷冰冰的世界,段明奎的脖颈和手腕已经麻木,衣服里面的积雪被体温融化着,"叭嗒、叭嗒"地直滴水。这孩子清楚,小树上呆久了,冻也得冻死。可怎么上去呢?骑在小树上,脑袋距陡崖上的缓坡还有半米多高,假如他骑住的是棵胳膊粗的树,那就好了,松开手把住树干,将双脚提上来,踩蹬住树根,然后转身,攀崖……但他现在的处境,即便是武林高手也没法松手和转身,何况头上还有一只恶狼。

段明奎刚一想到狼,狼便出现了。原来,那畜生没离去,它一直在寻找下口的机会,可惜,到嘴的肉悬在空中,它也没法子。

现在,大约是有主意了,它在段明奎的上方拼命地刨积雪和冻土,只见冰雪、冻土、木片、碎石"稀里哗啦"落下来,无情地打在段明奎的头上。恶狼是企图扒下大石块,把悬在半空中的段明奎击落崖下,那样,它便可以绕到崖下吃肉饼了……

段明奎咬紧牙关,缩紧脖子,不松手,就是不松手。希望在哪里,他不知道,但是这个山里的孩子咬住一个信念:活一分钟,是一分钟,即使喂狼,也不能让它吃得这么便宜!

恶狼在段明奎头上扒了一会,见没有把段明奎打下去,它似乎灰心了,蹲在缓坡上大口大口地喘气。又过了一阵,段明奎猛觉得随着雪屑石渣的飘落,头皮像被什么撩了下似地,反应敏捷的他立即将身子一缩。原来,这凶残狡猾的恶狼见刨雪抛石的伎俩打不垮段明奎,附近又没有大些的石头,喘息片刻,便想出恶点子,利用刚才扒的土坑,掉过身子,前爪扒住土坑,后身慢慢地从悬崖上吊下,用两条后腿去蹬段明奎。假如不是段明奎躲得快,那还不摔下去呀?

狼腿是躲过了,可段明奎却又听到小树根"咔嚓"响了一声,吓得他身子紧缩,再也不敢动了。

他不动,狼更不动,两条狼腿就这么在段明奎脑袋上方静静地悬着。段明奎的眼泪悄悄流了下来,心想:段明奎呀段明奎,你这名字起得丧气,念白了,岂不是"短命鬼"?当年要跟继父姓多好,他姓"常"。

但是段明奎仍然不甘心这样白白地葬身狼腹。天边的月牙儿将落,接下去是更加骇人的黑夜,段明奎此刻倒不希望那狼走开了,他想,假如能把狼腿拽住,与它一同摔死,好歹也算为民除了一害呀。

可是,狼大约坚持不下去了,它扑愣了几下,又爬上缓坡,等待新的时机。这一来,段明奎完全陷入了绝望之中。早知道这样,方才还不如挺住让它蹬,说不定临死还可以抓个垫背的。眼下可好,恶狼甚至可以不慌不忙地绕到悬崖下,去候着一顿美餐啦。

段明奎无论如何也支持不下去了。他双眼一闭,心想:掉下去吧,只那么一瞬间,便可以结束这长久的痛苦与恐怖。他冲家乡的方向默念了一句:"妈,我走了……"

正在这时,段明奎觉得眼前一亮。真的,有手电的光,紧接着有人吵吵嚷嚷地寻到崖下来,这是村里人寻段明奎来啦,他们发现了爬犁和干柴。

"明奎——"继父用那粗辣辣的嗓子高声喊着。

段明奎有救了! 他应该答应一声,可张开嘴,却什么声音也发不出来,他的嘴唇已冻得麻木而不能翕动。真急死人,他想弄点声响,可双脚悬空,不敢动,一动,小树肯定立刻折断。

终于有一束电光在崖上晃来晃去,照到了他。片刻的慌乱过去后,继父拿定了主意,冲他喊了声:"明奎,坚持住,我来救你!"

段明奎看见一束手电光飞快地从缓坡那边往峰顶闪去。崖下,很多人忙着清理乱柴,万一段明奎掉下来,人们可接一接。段明奎的小伙伴也来了,他们在崖下给段明奎打气:"明奎,别怕,你爸爸救你来了!"

爸爸,多么温暖的字眼,段明奎七八年没喊过这两个字了。继父待他不错,可生性倔强的段明奎愣是什么也不称呼他。想想好悔,爸爸从缓坡上来救他了,这是父子情!

段明奎猛想到,头上还有一只狼呢,爸爸能对付得了那只饿狼吗? 他太应该提醒一句,可他发不出声音了呀……

其实恶狼见来了很多人,早吓跑了。

继父终于攀上峰顶。他一边用手电照准段明奎的准确位置,找到缓坡上一截树桩阻住双脚,不致下滑,然后,将手电筒夹在腋下,双手放下一根绳子:"明奎,你千万别慌,使劲抓住绳子,我拉你上来。"

绳子,在段明奎眼前晃动,继父把它调到最佳位置,离段明奎双手只有一寸远,只要抓住绳子,段明奎便可以从死神眼皮底下逃出来。

"抓呀,明奎,别慌,别怕,我是老常!"继父见明奎不抓绳子,急了。段明奎还是不敢去抓绳子,因为他双手一松,小树便永远不再属于他啦。现在关键问题是,他在一松手的瞬间,能不能抓住绳子?他的手已经冻僵了。刚才还要松手掉下去任其摔死的段明奎,对眼前这一线生的希望看得无比珍贵,他轻易不敢松手。

绳子在眼前抖动,继父在崖上朝他大声喊着:"相信我老常吧,明奎,我肯定拉得动你!"

老常,爸爸,多好的爸爸呀,自己这回要活着,一定要好生孝顺他老人家。段明奎横下心来,恰巧绳子被继父调得紧贴着他的手了,他用力一抓,抓住绳子啦!就在他双手抓住绳子的同时,那棵小树"叭"地一声倒了下去,而继父腋下的手电筒,也掉到了崖下……

继父奋力往上拉他。继父站在缓坡上,与他不是垂直的方向,要用好几倍的力气才能使小明奎缓缓提升。不知过了多久,小明奎被提上悬崖,又被拽到继父脚下,继父扔掉绳子,一把搂住小明奎,挟在腋下,用另一只左手插在雪地里,连爬带拖地把他弄到安全地带。

崖下的人们也都来到了峰顶,在雪亮的手电光下,段明奎看见继父的双手被绳子磨得血肉模糊。继父脱下棉袄,把段明奎紧紧裹住。

段明奎想叫声"爸爸",可喉咙里却像被堵住了似的;他想拥抱爸爸,但由于长时间高度紧张,他的两只手死死地捏住绳子,怎么也松不开……

(顾文显)

无名岛杀手

　　国泰号"货轮满载着运往非洲的中型拖拉机,已在航道上树叶似地漂浮了两天两夜。第三天,骤然之间海浪涌起,卷起小山似的浪头,为了保证货轮的安全,船长决定把货轮暂泊在邻近的一个小岛旁,并立即与有关部门联系,询问附近海底是否有地震。

　　货轮在小岛旁抛锚,船员们一个个从船舱里走出来,凭着舷栏眺望近在身旁的这座无名小岛,椰子树和香蕉长得茂密葱郁,呈现一派勃勃生机。船员们七嘴八舌表示,要到岛上尽兴游览一番。

　　正在这时,有关部门回电,没有得到周围有大地震的信息。时间已经到了晌午,船长决定一面起航一面开饭,但这时发现,

两位见习船员缪芸生和章云飞已经擅自离开货船,开了小汽艇
到岛上去了。

船长一听,又气又急,命令货轮拉响汽笛,把他俩呼唤回来!

"呜——呜——"汽笛歇斯底里叫了好一阵,但不见两人归
来的踪影,连那艘小汽艇泊在何处也无法知道。

船长心中一阵阵发怵——莫非出事了?他命令一边不断鸣
笛,一边让货轮沿着小岛慢慢兜一圈,终于发现了那只小汽艇,
系在一处岛石上,在海浪的怀抱里晃悠晃悠的。货轮再次鸣笛,
可岛上仍是没有回应,船长只好命令货轮重新抛锚。

海风呼呼,白浪滔滔,货轮又等了两个小时,船长最后不得
让两名号称"浪里白条"的船员套上救生圈,游到岛上去探个究
竟。

两个"浪里白条"游上岸后,趴在一块石头上向四处扫视,几
乎是在同时,他们发现不远处有一副死人的骨架,手指和脚趾都
被截断,令人毛骨悚然,邻近散落着一些撕碎了的衣片,香蕉树
丛里可见丝丝黑发。不过可以断定,这绝非今天失踪的那两位
见习船员的骨架,因为白骨已呈灰色,经风吹雨淋失去了新鲜
感。然而也可以断定,这骨架的时间也不会太长。从情况分析,
岛上定有杀手,且杀手有点残而怪——剁肉不伤骨,却偏爱手指
和脚趾。

他们用手势向船长请示:是否可以把小汽艇开回来?船长
批准了他们的请示,于是不一会儿,他们就驾着小汽艇劈波斩浪
回到了货轮上。

人们急不可待地围拢来,听完他们关于岛上所见情景的叙
述后,都惊呆了:难道这小小的岛上有专食唐僧肉的白骨精?倘
若有吃人的怪兽,绝不会只吃肉而留下完整的骨架;倘若是人与
人之间厮杀,也不会掏尽五脏六腑又专取手指和脚趾。人们众
说纷纭,猜测了一番,但都无法下结论。不过,他们意识到两个

年轻的见习船员缪芸生和章云飞处境险恶,得赶快组织人员搜岛!

船长与大副商量决定:把货轮开到离岛最近处,然后挑选五名船员乘小汽艇上岛去。既然发现岛上有尸体遗骨,就该从最坏处打算,作好一切准备。苦于没有枪弹之类的军事武器,上岛的人就只能手执一些可以作为武器的物件,步步为营,随机应变。同时,轮船上汽笛长鸣,扩音器高声喊话,这样既作为与失踪人员的联络信号,又能为搜岛的队伍助威。

日头开始偏西,搜岛队一行五人,在汽笛和扩音器的呼喊声中上了小岛。

大家无暇赏玩岛上的景致,一面呼喊着缪芸生和章云飞的名字,一面搜索前进。他们发现香蕉林丛中有人践踏的痕迹,便喜出望外地沿着这痕迹往纵深寻找。

突然,有名队员"哎呀"怪叫一声,猛惊之下,大家发现这名队员的脚脖子被一只猫样大的怪物咬住了,说时迟那时快,另一名队员手执一柄厨房铲煤用的铁铲子,狠命地砸了下去,那怪物"吱"地一声断了气。

可是与此同时,又一名队员又呼叫起来,又一只怪物偷袭般地突然跳上他的肩膀,猛地咬住了他的耳朵。他死命地捏紧了这怪物的肚子,那怪物无奈松了口,"呼"地跳去了数米远,那名队员被咬得耳朵鲜血淋漓。

"快逃! 快逃!"有人果断地呼喊。

五个人齐刷刷逃下了岛,跳上小汽艇,急速离开海岸线。大家向岛上望去,只见香蕉叶都在"窸窣"摇动,椰子树上刹那间有密密麻麻的怪物在蹿上蹿下,比花果山上的小猕猴们还敏捷灵巧,乱成一气的"吱吱吱"的叫声十分骇人。

这怪物不是别的,是大得如同猫儿一般的老鼠。这些鼠辈们竟然胆大如虎,半点也不惧怕人类,它们活着时是一个同族异性的大家庭,尽情地繁衍后代,谁死了即成共同的美餐。又由于它们喜荤也喜素,岛上的香蕉和椰子就成了它们的天然粮库。一旦岛上有不速之客光临,只要让它们碰上,这个独占乾坤的家族便结成一支英勇善战的队伍,它们个个头脑简单却奋不顾身,所以光临者往往是肉净骨留,有来无回。

小汽艇开回去以后,五个人把情况一汇报,货轮上的船员们被震惊了,难道缪芸生和章云飞两名见习船员已葬身鼠腹?当务之急是要赶快冲上岛去,即使剩下了骨架子,也得让他们魂归故里呀!

大家研究了战鼠方案,最佳方案是用火攻。大家想用柴油烧,但在阵阵海风中有伤及自身的危险;将柴油胡乱地泼在岛上,燃起一座"火焰山"也可以,又生怕两名船员一旦活在岛上,会遭误伤。最后决定:寻找小岛上一个合适口岸,架起两块跳板,以中型拖拉机替代"坦克",备足浸透柴油的废纱团之类,冲上岛去,焚鼠群,捣鼠穴!

为找入口处,小汽艇出动了。

苍天有眼,就在选择登岛地点的时候,一条海鲛被小汽艇撞昏了,拖上来一看,有三米多长。船员们不约而同想出一个妙计——以海鲛为诱饵,管叫笨鼠能集到一块抢食,这样就便于火攻了。

登岛后,海鲛被悄悄拖到一块空地上,不出所料,嗅觉灵敏的鼠群很快就闻到了这浓浓的腥味,只听得"吱吱"声四起,仿佛在互传信息,接连不断的鼠群拼命爬到海鲛的身上,一下子就堆成了一个坟墩状的肉堆子。

船员们没再启动中型拖拉机,而直接用喷火器向鼠群喷去,烈火熊熊而起,四肢灵活、头脑愚笨的小岛"独裁者"们的"吱吱"惨叫声,由最初的尖厉发狂而终于渐渐低沉下去。

一大批船员特地穿上防暴风雨的橡胶衣,迅速开始搜岛,寻找缪芸生和章云飞的下落。为了万无一失,防止岛上再出现鼠群,他们没有分散活动。

不多会,他们发现前面有个山洞,不大,容得下两个人同时进出。他们没有轻易跨进去,只是憋足了力气向里喊:"喂——"

"哐啷啷!"突然里面响起了玻璃的破碎声。

里面有人!"喂喂——"群情振奋了,洞口喊声嘈杂。

里面真的有人,缪芸生就在里面!原来,缪芸生和章云飞两人看到船泊在小岛旁,一时三刻没有走的意思,两人竟雅兴大发,擅自驾着小汽艇绕开沙滩上了岛。上岛后,他们两人约好会面的时间,就分头走开了。

却说缪芸生走着,走着,来到一个山洞口,满心好奇,就小心翼翼地走了进去,通过一段数米长的暗道,可见射进的一缕阳光。他来到亮处站定,往下一看,突然眼睛瞪得滚圆,心儿扑扑地乱跳。

底下是个铁锅状的石潭,四周的石面十分光滑,不像是天然的,明显看出有人为加工的成分。令人惊奇的是,这"锅底"里面聚着一堆闪光物,虽在洞中难以辨得分明,但那闪光的轮廓足以看得出它是人世间才有的东西。一阵激奋,缪芸生顺着"锅沿"呼地滑到了"锅底"。

石潭里的这堆闪光物,是钳子、镊子、小框架之类的东西,最多的,是试管和瓶子之类的玻璃器皿。缪芸生把潭底翻了个透,没一件东西值得带走,很是失望,他要返回时,却傻了眼。

这"锅潭"虽不太深,滑下去绝对摔不坏腿,可爬上来呢?即使你练就一身"壁虎功"也难成。缪芸生滑下去的时候,压根儿没有考虑等会儿爬上来的难处。尽管"锅潭"不满他一人半那么深,然而在失去他人相帮的情况下,这个潭子就如一口深不可测的陷阱。

"章云飞——快来救我哪——"缪芸生一遍又一遍呼喊起来,但慢慢地,缪芸生的嗓音沙哑了,发不出声音。他分明听到汽笛声和扩音器里的喊话声,可就是没有办法出去,他渐渐地有些绝望了。

现在人们把缪云生救了上来,然后又怀着好奇心下了石潭,在洞里转悠起来。忽见在一个洞中之洞内,有一张简易的陈旧不堪而又脏兮兮的搁几,上面堆着好多生了锈的实验用的小铁架,搁几下面堆有毛已蛀光的兔皮,旁边还有一本小册子,上面落满了灰尘。一处石壁上,有人用毛笔歪歪扭扭写着一句话:"1945年8月14日永别此岛!"

这里一定发生过什么样的故事!但为了尽快找到章云飞,大家不便在洞里久留,于是就带了小册子,急忙从洞里出来了。缪芸生说他们俩一上岛就分手,但还记得他采撷香蕉的那个地方,说着就急急领着大家奔去。

香蕉丛中,压倒了的叶子上可见黏糊的鲜血,章云飞倒下了,面目无可认辨,骨架子没散,两条腿骨之间和两腋下,都夹着僵直了的死鼠,还有只死鼠的半个头颅被他紧紧地咬住,可以想见他与老鼠搏斗时的惨烈情景。除了骨架的新鲜,那衣,那裤,那鞋,足以证明这就是章云飞,绝不会认错了冤魂!

船员们脱下身上的胶衣,包扎起章云飞的遗骨和遗物,怀着切肤之痛回到货轮上。一路上,他们还见到了另外两具早已发黑的骨架,其中一具的身旁横着一枝已见锈斑的手枪。他们是海盗?走私者?还是同样的过路客?不得而知。但有一点现在是可以肯定的,他们都死于可恨的鼠口!

货轮在悲切幽咽的汽笛长鸣声中启锚开航了!

人们翻着带出来的小册子,方才知道:第二次世界大战期间,一批人为了研制杀人的细菌武器,带着兔子和老鼠躲到这岛上来进行试验,并且将此岛作为长期的试验基地,他们在这里种了椰子树和香蕉树。后来,战争以他们的投降而告终,历史决定他们只能撇下一切"永别了"。但由于这岛上生存的老鼠、兔子、椰子和香蕉是无法构成生物链的,渐渐地,兔子被老鼠消灭,而没有天敌的老鼠便在岛上恶性地繁殖起来。

夕阳西坠,海水染上了殷红的血色,无名岛渐渐地消失在海天之间了。

缪芸生走进船长室,"扑簌簌"落着泪,说:"船长,我有罪哇,是我擅离职守才导致了这场悲剧。只是我怎么也不会想到,小岛上会有如此杀手!"

船长也潸然泪下:"作为船长,我有推卸不了的责任。但归根结蒂,真正的杀手是战争。战争给人类造成的罪孽,太深远了!"

（陆柏树）

夜走鬼谷

　　在连绵起伏的群山中,有一个名叫山头窝的村子。自古以来,山头窝的人要到山外去,只有两条路可走。一条要翻越大大小小共八个山岭,约有三十来里路;另一条是段裂谷,才五里多点。然而山头窝的人都情愿翻山越岭走那条绵延几十里的崎岖小道,很少有人抄近路去走那段裂谷。

　　这是因为抗战时,新四军在这里和东洋鬼子打了一仗,谷中死了好多人,都就地掩埋了。山里人讲迷信,好多人怕鬼,从此,一两个行人再也不敢进这段裂谷,最少也得五六个人结伴同行。渐渐的,裂谷变得荒芜了,各种鸟兽爬虫出没在这儿,裂谷变成了名符其实的"鬼谷"。随着岁月的流逝,鬼谷中不断增添各种恐怖的传说。有人黄昏时过鬼谷,听见了凄惨的鬼叫;有人天黑时过鬼谷,看见了绿黝黝的鬼火……鬼谷中笼罩着一层又一层扑朔迷离、神秘莫测的色彩。

转眼到了 80 年代,随着农村政策的开放,山头窝人的腰包渐渐鼓了起来。四十来岁的黄秀枝成了养鸡大户,那天傍晚,她干活回来,顺手操起一份新到的《信息报》看起来,忽然有条信息把她吸引住了,说的是本县良种禽畜场新近到了一批良种鸡,每年产蛋 300 枚以上,现在有货对外供应。

黄秀枝读得很高兴,第二天就起了个早,赶了几十里山路来到镇上,搭上了开往县城的公共汽车。可是归途中,汽车发生了故障,司机鼓捣了近两个小时才把车子发动起来,等她回到山脚下时,太阳早已落了山。

她望着灰蒙蒙的天空和黑黝黝的大山,心里十分焦急。心想:今夜必须赶回家中,不然担子里的小鸡由于一天的颠簸、拥挤和饥渴,说不定会全死光的。但是,山路这么长,挑着担子摸黑行走,少说也得三个小时才能到家呀。夜里的山风又冷,万一小鸡受不了这温差的变化,后果也不堪设想。

为难之中,她想到了那使人一听就心惊肉跳的鬼谷。她认定自己别无选择,要保住担子里的这些活宝,早点回到家里,只有鬼谷这条路可走。但鬼谷毕竟太骇人了。她望了望眼前黑乎乎的群山,心想:就算不走鬼谷,这么大的山,黑灯瞎火的,一个人走,不也同样要担惊受怕?想到这里,她把心一横:走鬼谷!

夜色越来越浓,山路只能勉强地分辨出来,黄秀枝一路上尽量克制着自己不去想鬼谷,然而随着鬼谷的谷口越来越近,她的心里越来越紧张。她抬头望了望山顶,已经分不出山和天了。凭她的经验,知道再过半个钟头,翻越过这座山岭,就要进入鬼谷了。她感到头皮一阵阵发麻,腿肚子也微微地颤抖起来。这时候,她多么盼望能有个伴啊,哪怕有只狗在身边也好。

蓦地，她感到眼前豁然一亮，月亮出来了，她惊喜地向山顶望去：一个新的奇迹使她欣喜若狂，一轮圆月挂在山尖上，灰蓝色的天幕下，一个人影在山脊上蠕动，被月亮衬得十分清晰。那人影的手中，还有团亮光一闪一闪的。

黄秀枝怀疑自己的眼睛看花了，揉揉眼睛再看，没错，是人，拿着手电。黄秀枝激动得心里怦怦直跳，不管三七二十一，把手拢到嘴边就喊了起来："喂——上面是哪个？等等我——"

山顶上的人影和亮光晃了几晃，停住了。显然，那人听到了她的喊声。

"等一等，"黄秀枝不失时机地又补充了一句，"我也是回山头窝的。我是秀枝，等我一起走。"

按说那人应该很高兴。在这种时候，谁不想找个伴一起过鬼谷呢？可是奇怪，黄秀枝喊声未绝，那人却又开始移动了。从位置上判断，他马上就要下坡了。

黄秀枝好不容易抓住一根救命稻草，岂可放过。她冲着山上拼命呼喊起来："喂喂，你别走呀！等一等，我马上就上来了。求求你，千万等等我。你大概不是本地人，不知道这里的情况，前面就是鬼谷啊！求你等等我……"

谢天谢地，人影总算没再往前走。黄秀枝浑身来了劲，加快步伐，不过十多分钟，就登上了山顶。然而，山顶上的景象使她不由得大吃一惊。

山顶上，月光淡淡地洒在岩石和草木上，分外幽静，黄秀枝朝手电光的方向一望，只见手电被卡在一棵小树的树杈上，电筒下似乎还压着一张纸条。但是人呢？黄秀枝环顾四周，喊了几声，见没人应，就走到小树旁，取下手电和纸条。借着手电的光亮，她看到纸条上写着几行钢笔字：

如果你认为我对你不会有什么威胁的话，那就进谷吧，我就在你的前面。

　　　　　　——一个刑满释放的强奸犯

"啊?"黄秀枝这一惊非同小可,差点连手电也丢了,她喃喃道:"难道是他,颜真良?"

她失神地站在那儿,仿佛痴呆了一般。突然,她几步奔到担子前,抓住扁担往肩上一搁,喊了一声:"颜真良,你等等!"便发疯般地向鬼谷赶去⋯⋯

颜真良是什么人? 他为什么不愿和黄秀枝结伴而行? 他又怎么是个强奸犯? 事情还得从头说起——

颜真良和黄秀枝是邻居,他俩从小青梅竹马,是一对很要好的小伙伴。颜真良的家庭成分是地主,小伙伴们都叫他"地主崽",只有黄秀枝从不这样叫他。后来,黄秀枝上了初中,而颜真良因为成分不好未能进入初中,两人就分开了。但这两个天真无邪的孩子节假日仍然一起玩耍。黄秀枝毕业回村后,和颜真良仍然保持较好的关系,但这不是爱情,在那个年代,哪个姑娘愿意嫁给阶级敌人,当一辈子地主老婆? 所以,在众多的求婚者中,她看中了大队支书的儿子、山头窝生产队长何东方。

颜真良虽然每天夹着尾巴做人,但他的内心却一直暗暗恋着黄秀枝。尽管他也清醒地意识到这是不现实的,但仍无法扑灭心头那已燃起的爱之火。黄秀枝和何东方的关系确立后,颜真良感到非常委屈、愤懑,他认定自己没前途了,命中注定要打一辈子光棍。望着村里的同龄人成双成对地出入,他的心就像一个打翻了的醋坛子。他无法忍受下去,终于,他有了一个邪恶的念头:强奸黄秀枝,然后自己站到悬崖上闭眼往下一跳⋯⋯

一天夜里,山头窝北面山坳里的樟树湾放电影,何东方约了黄秀枝一起去看,颜真良也尾随而去。电影刚放了一半,广播里通知生产队长到大队部开会。颜真良发觉时机来了,他拨开人群挤到了黄秀枝身边。黄秀枝正愁电影散场后一时找不到同回的人,一转头看见了老实巴交的颜真良,忙向他打了个招呼。电影放完后,颜真良借口肚子痛,蹲在地上不肯走,一直拖到人群散尽才慢吞吞地站起来。两人慢慢地走着,转过两道山颈,来到一段僻静的地方。颜真良呼吸变快,心跳如鼓,突然一把抱住了黄秀枝,把她掼倒在地。黄秀枝万没料到他会来这一手,吓慌了:"真良,你、你干什么……""干什么?这还不明白吗!老子这辈子反正活不出头,要死也得先快活快活!"说着就去扯黄秀枝的衣服。黄秀枝一边哀求,一边苦苦挣扎,但是此时的颜真良哪里还控制得住自己……

事情过去后,两人默默地站着,谁也没有说话。过了一会,颜真良忽然"扑通"一声跪在黄秀枝的脚下,声泪俱下:"秀枝,我对不起你……你打吧,尽力打,反正我是要死的人了。我害了你,干脆你把我弄死算了!"黄秀枝叹了一口气,摇摇头说:"算了,不要让别人知道就行了……"

两个月后,黄秀枝就和何东方结了婚。春节过后,他们生了一个儿子,取名何兵。

时间一晃就是六年。那年,山头窝和邻村一起修一座水库。开山放炮时,出现了两个哑炮,何东方去排哑炮,不料,一个哑炮突然炸响了,何东方随着泥土被抛向空中,落地时早已咽了气。从此,黄秀枝带着何兵过起了孤儿寡母的生活。队里为了照顾这母子俩,分给黄秀枝一亩多自留地,里里外外的活儿全压在了她一个人身上,两年下来,她的身体已大不如从前。

一天清晨,黄秀枝早早地起来了,她打算趁队里开工前这段空闲,送两担水粪到自留地去。她挑着粪桶来到茅厕,发现粪池里的粪少了许多,八成是昨夜叫人给偷走了。她刚想发火,但忽然想起什么,丢下粪桶往自家自留地跑去。到地里一看,顿时什么都明白了:有人夜间帮自己把粪浇好了。是谁这么好心呢?黄秀枝第一个想到的便是颜真良。

第二天深夜,黄秀枝悄悄出了家门,快到自留地时,借着蒙胧的月色,她看见了一个穿背心的身影,正在自留地里忙碌着。这是一个成熟的、透发着青春活力的、真正的男子汉的身影,这身影对寂寞了两年的黄秀枝来说,此时此刻,具有一种无法抗拒的诱惑力。她走到他的身旁,没有道谢,也没有表示感激,只是邀他到家中去喝杯茶。他去了,她家的灯随之熄灭了。

以后,每夜他都到她那儿去,这一切村里的人谁都不知道。这样,一晃又是半年。

然而,一天夜晚,颜真良跨进黄秀枝家门不久,门被猛烈地撞开了,两个陌生人闯进屋,把浑身直打哆嗦的颜真良绑了就走。随后,何支书走了进来,对缩在床角的黄秀枝盯了好久,逼她到法院去告颜真良强奸,黄秀枝拒绝了,还一口表示要嫁给颜真良。何支书一气之下到乡里搬来当了乡副主任的黄秀枝的三叔,双管齐下、软硬兼施、千般威胁、百般劝说,黄秀枝招架不住,终于向他们妥协了。为此,法院判了颜真良10年徒刑。

10年监狱生涯,使颜真良恨透了黄秀枝。他发誓出去后要亲手掐死黄秀枝,以解心头之恨。可是出狱后,当他看到黄秀枝那个九岁的女儿时,他的心颤抖了。那个小女孩应该属于他啊!就在这一瞬间,他放弃了自己复仇的计划,原谅了黄秀枝。以后每当遇到黄秀枝,他总是有意远远地避开。

然而,有一个人却不肯放过颜真良。

黄秀枝的儿子何兵今年十八岁,小家伙长了一副一米八二的大块头,一对拳头就像两只铜锤。妈妈和颜真良之间的那回事儿,他是知道的。爷爷还对他说过,他爸爸何东方就是被这个颜真良装的哑炮炸死的。受何支书的影响,何兵从小就十分仇视颜真良,恨不得一刀捅了他。可他在普法学习班上学过一阵子,知道杀人要吃枪子儿,但他决不能为此便宜了颜真良。颜真良刑满回家的消息传到山头窝后,一连几天,黄秀枝竟像丢了魂似的,丢三落四,这些,何兵都看在眼里,气在心上。

一天,何兵在路边田里起沟,见颜真良从远处过来,故意把铲子插在路中心。这段路本来就窄,颜真良经过时不小心把铲子碰倒了,何兵顿时破口大骂:"瞎了狗眼。你给老子捡起来!"颜真良见他出口伤人,心头火起,回敬了一句,扬长而去。何兵跳起来赶上前去,照着颜真良的背心就是一拳,两人打成一团。到底是何兵年轻气盛,很快就占了上风,一顿暴雨般的拳头,把颜真良打得头破血流,浑身青肿,足足睡倒了一个多月。

颜真良气啊!心底那股刚刚泯灭的复仇之火又"呼"地燃烧起来。除了那个小女孩,他要亲手杀了黄秀枝全家。

今夜,在这荒山野岭中遇到黄秀枝,真是天赐良机。当黄秀枝在山下喊叫时,颜真良就已暗暗作好了准备,他折了一根木棒在手。他本不想理会黄秀枝的喊叫,先进鬼谷藏起来,等黄秀枝过来给她当头一棒。但又一转念,今夜这山中只有他们俩,谅她也跑不出自己的手心,不如让她死个明白。于是,他就写下了那张纸条,然后躲在暗处观察黄秀枝的动静。他以为黄秀枝看了纸条后会吓得转身就跑,没想到她居然急匆匆地跟进了鬼谷,看样子似乎有什么话要对自己说。颜真良心下起疑,决定先跟在她后面观察一阵,然后再下手也不迟。

鬼谷里面黑黑的一片,见不到一点月光。碎石路上虽然长满了杂草,但好在比较平坦,倒也并不难走。颜真良跟在黄秀枝身后约二十米远的地方,她手里的手电成了他的航标灯。越往里走,鬼谷显得越暗,也越发使人感到毛骨悚然。一些受了惊吓的小动物在草丛中乱窜,吓得黄秀枝心惊胆颤,她觉得鬼谷到处潜伏着可怕的东西,自己随时有被撕碎吞噬的可能。她不时地用手电往前方照照,希望能照出颜真良的影子,但落入眼帘的除了岩石、杂草就是枝叶、枯藤。

黄秀枝终于忍不住了,朝着鬼谷深处哭了起来:"颜真良,你等等我呀,我害怕……我晓得你恨我,不愿见我,但我有句话憋在心里要对你说,你听见了吗?"然而,回答她的只是从岩壁上撞回来的回音。

不知不觉,已经到了鬼谷中间,气氛更加恐怖了,那如泣如诉、悲悲戚戚的鬼叫声也似乎听得到了。黄秀枝好几次像是听到有人在低声抽泣,但停下脚步仔细一听,抽泣声又消失了。蓦然,她发现前方远处有几团绿莹莹的火球,忽左忽右、忽上忽下,悠悠地飘动。"鬼火!"她惊叫一声,心下一紧,浑身直起鸡皮疙瘩,背脊上像有人给泼上了一瓢冷水,冰凉冰凉的。"颜真良,你在哪儿? 快来! 快来啊……"她惊慌地叫着,将手电朝前面乱晃。

颜真良此时已经摸到了黄秀枝的背后,举起木棒打算砸下去。他见黄秀枝吓成这副样子,心里暗暗好笑。他的眼珠在黑暗中转了几转,突然改变主意,收了木棒。心想:与其打死她,不如吓死她,这样不露一点痕迹,谁也不会怀疑她遭了暗算,以后好有时间去收拾她的儿子。主意打定,颜真良将木棒往草窝里一丢,又拉开了与黄秀枝之间的距离。

黄秀枝接连喊了几声,见没人应,不由鼻子一酸,眼泪又滚落下来。这时她早已忘了疲劳,忘了肩上的担子,她的心被极度的恐惧和悲哀塞满了。她确实有话要跟颜真良说,她的心中隐藏着一个不为人知的秘密,她想把这个秘密告诉给颜真良。然而现在,她彻底绝望了,她的精神几乎都要崩溃了。

忽然,她听到身后"咚"的一声,响声很大,像是有人从高空中摔了下来。黄秀枝吓了一大跳,慌忙转身用手电朝身后一照,却什么也没看到。她壮着胆子又往前走,谁知刚走了几步,身后又传来"啊——"的一声惨叫,就像有人被杀了一样。紧接着,身后又发出一串阴森森的怪笑。

黄秀枝颤抖得厉害，再不敢回身用手电去照，眼睛也不敢朝四周看。不提防一团绿火迎面飞来，黄秀枝躲闪不及，惊叫了一声。那绿火快贴着她的鼻子了，被她嘴里的气一冲，居然转了个弯，挨着她的耳轮向脑后飘去，把个黄秀枝吓得几乎昏死过去。与此同时，她又听到了一种奇怪的咕噜声，这声音隐隐约约，飘忽不定，初听像是从遥远的地穴中发出的，细听就在身后。"我死得……好……惨……啊……"声音若有若无、若即若离，凄凉哀婉。黄秀枝感到头皮发炸，毛发根根直往上竖，内衣全被冷汗浸湿了。她想跑，却怎么也跑不快。

忽然，她感到左脚背上有什么东西在蠕动，冰凉凉、滑溜溜。她心里大惊，刚要移步，可是迟了，右脚脖子传来一阵钻心的剧疼。她大叫一声，扑倒在地，手电扔在了一边。

躲在一旁大石头后的颜真良见状，不知发生了什么事，几步奔过去捡起手电一照，一条竹叶青在灯光中一闪就不见了。他忙将起黄秀枝的裤脚一看，脚脖子肿得圆圆的，比平时粗了一倍。

刚才还欲置黄秀枝于死地的颜真良，此刻仿佛脱胎换骨变成了另外一个人，也不知是触动了哪根神经，只见他脱下身上的褂子，用力撕成布条，把黄秀枝的右腿捆了几道，然后背起她，飞也似地向着鬼谷的尽头跑去……

深夜，黄秀枝的家里挤满了人，黄秀枝静静地躺在床上，脚上敷着草药，儿子和女儿站在床头不住地抽泣。村医疗站的徐老医生坐在床边的椅子上，用听诊器全神贯注地听着，旁边站着何支书和颜真良。

屋子里非常静，听得见众人那沉重而急促的呼吸。过了一会，徐老医生收起听诊器，缓缓地站起来，摇了摇头，一字一顿地说："虽然真良当时采取了应急措施，扎住了血脉，但时间耽搁太久,加上一路颠簸,毒气已经攻心,无法……"何兵听罢,不由扑在母亲身上号啕大哭。

很久,黄秀枝才微微睁开眼睛,慢慢地看了一眼周围的人,最后把呆滞的目光停在颜真良的身上,脸上露出一丝艰难的笑容。她吃力地用手指着写字台那个大抽屉,嘴唇动了几下,似乎在说什么,但已经没有力气发出声音,一口气没上来,手无力地垂下了。

"妈妈,妈妈——"何兵和妹妹撕心裂肺地叫着。

何支书眼里噙着泪水,从黄秀枝所指的那个抽屉里找到了一封没有封口的信,信皮上写着"颜真良启"几个娟秀的钢笔字。他疑惑地望望颜真良,把信递给了他。

颜真良接过信,看着看着,不觉念出声来:

　　"……真良,有句话在我心里搁了 18 年,对谁也没说过,但我一定要告诉你。然而你总是躲着我、避着我,把我当成十恶不赦的瘟神,使我没法对你说,只好写了这封信,打算从你的窗口丢进去。

　　真良,你现在的心情我理解,过去的心情我同样理解。你的不幸和灾难,都是我造成的,我是一个没有良心的坏女人。我不想作任何解释,也不想乞求你的谅解,相反,倒是愿意接受你的报复和惩罚。

　　我要对你说的那句话是:何兵是你的亲生儿子! 你还记得到樟树湾看电影的那个夜晚吗? 自从那夜以后,我就怀上了兵儿。

　　顺便再说一声,我的女儿也是你的。这你知道,别人也知道。

　　但还有一点你也许不知道。自从你入狱后,我的心没有一刻平静过。我是你的罪人,有永远洗不清的罪孽,我要用实际行动来补偿你。10年来,我一直没有改嫁,尽管有不少人上门提过亲。我等着你回来,我是你的,我的孩子是你的,我的家也是你的,我的一切的一切都是你的。难熬的10年,三千六百个漫漫长夜,每夜我都在心里呼唤:回来吧!真良,我的亲人⋯⋯

"秀枝——"颜真良读到这已经是泪如泉涌,他再也控制不住自己的感情,一屁股坐在地上。他恨呐,悔呀,用力捶打着自己的胸膛。

"爸爸⋯⋯"何兵在颜真良面前"咚"地跪下了。

(曹茂荣)

险 中 出 趣

人类天生是不喜欢灾祸的,可又不得不面对灾祸,这必然会生出许多啼笑皆非的事来。

李哆嗦三斗熊瞎子

　　李哆嗦原名姓甚，无人知晓。大伙只知：反右斗争那阵，他被发配到东北李家屯子，因为他有个毛病——好哆嗦，所以众人送他个外号叫"李哆嗦"。说起这个哆嗦，人人叹息，有人说这是打右派时苦胆吓破造成的，有人说是"文革"时期被批判时落下的，反正他是逢人遇事先一哆嗦，张口闭口也一哆嗦，有时好好地坐着也会冷不丁地来这么一哆嗦。右派平反后，许多人都回了内地，唯独他不愿意回去，那理由也特别：内地人多，他越见人多越好哆嗦。李哆嗦虽然手无缚鸡之力，文质彬彬的一派书生模样，可他生性聪明，吹、拉、弹、唱样样行，所以颇得屯子里社员们的喜欢，大家推选他当了个小学教员。

　　有一天，李哆嗦改作业到很晚才离开学校，抬头看去，只见一轮明月高悬,银光溶溶,秋风飒飒。李哆嗦兴致上来,就沿着棒子地边的小路一边溜达,一边默背着唐诗宋词,一副怡然自得的样子。忽然间,他听到棒子地里有"啪嗒、啪嗒"的响声,李哆嗦疑心顿起:这个人半夜三更跑到这棒子地里,不会有什么好事。怎么办呢?要是在往年,李哆嗦早就头一低,眼一闭,哆嗦着一走了事。可如今摘了帽,不看个明白,过意不去啊!

李哆嗦双手分开叶子,循声慢慢找过去。借着月光他终于发现前面有个黑乎乎、胖笃笃的影子,李哆嗦扶了扶深度近视眼镜,一边瞅一边想:最好是先问明情况,不然搞错了大家难为情,于是他好声好气地喊着:"喂!老乡,你在那儿干什么呀?"谁知一连喊了几声,对方毫不理睬。李哆嗦只好又朝前走了几步,努力睁大了眼,这才看清楚,那人扭动着笨拙的身子,对着未熟透的棒子一边掰一边啃,还一边不住地往地上扔。

李哆嗦不高兴了,心想:这人太不像话,偷庄稼让人发现还赖着不走,脸皮也太厚了!但李哆嗦是个软性子,说出话来仍是低声低气的:"老乡,行啦!不要再掰了,棒子还都没熟呢。"可那人还是一点反应没有。李哆嗦没有法子,只好走上前去,伸手就去拍那人的背脊梁。手拍上去觉得毛茸茸的有点不对头,他赶紧仔细一瞧:啊呀,我的妈呀,原来是一只黑乎乎的熊瞎子!李哆嗦吓得魂灵出窍,连哆嗦也没来得及打,撒开腿就跑。

那熊瞎子啃棒子正啃得津津有味,回头一瞧,哟嗬,还有比棒子更好吃的东西呀,便丢下棒子,一窜一跳地追了过来。只听"呼啦啦"一阵乱响,熊瞎子已经窜到李哆嗦的前面,挡住了去路。李哆嗦正跑得气喘吁吁,一抬头,见熊瞎子正虎视眈眈地盯着他,忙返身再跑。可是不管他怎么使劲,那"呼哧、呼哧"的喘息声,却越来越近,李哆嗦吓得接连打哆嗦,一头栽倒在地。正巧,他的右手摸到一块茶杯大小的石头,赶紧攥在手心里,准备拼命。

　　这时,那只熊瞎子见猎物已被征服,便手舞足蹈地扭过身去,用它那肥大的屁股往李哆嗦身上坐。李哆嗦心里明白:这一屁股坐下来,不死也要扒层皮。到了这种地步,李哆嗦也不敢再打哆嗦了,他一跃而起,扬开右臂,将手中的石块照熊瞎子脸部狠命砸去,只听"嗷"一声叫,那熊瞎子直直地站立起来,两只前掌像被滚油烫着了似地腾空一阵乱舞,好半天才重重地放了下来,像个无头苍蝇,围着一个地方团团乱转着。

　　原来,熊瞎子的一颗眼珠被李哆嗦砸了出来。李哆嗦一看,此时不走,更待何时?也顾不得沟沟坎坎,撒腿便跑,总算捡回了一条命。这一回死里逃生,李哆嗦总结两条教训:第一,以后还是少管闲事为妙;第二,天黑以后绝不出门。

　　不久后的一天中午,李哆嗦有事出门。回来的路上,忽然肚子一阵"咕咕"响,他看看前后左右都没有厕所,便下大路进了棒子地。走了几步,回头看看,觉得离大路太近,若被行人看见有些不雅,就又往里走,一直走到棒子地中间的一棵大树下。他找了一块平坦、干净的地方,解开裤带,正要蹲下,忽然觉得身后有异样的动静。他回头一看:妈呀,一只熊瞎子正摇头晃脑地走过来!正巧又是上次被李哆嗦砸瞎了一只眼的那只,此时它也发现了蹲在地上发抖的李哆嗦。仇人相见,分外眼红,只见它侧着脑袋,伴着棒子叶"哗啦啦"的响声,一路斜撞过来,看来要报瞎眼之仇。

　　形势万分危急,李哆嗦不甘束手待毙。他一边提着裤子,一边围着大树转圈;那熊瞎子似乎也不想马上将猎物弄死,只是一个劲地吓唬着。李哆嗦见这么下去也不是个办法,就趁着那股急劲,一咬牙,"哧溜、哧溜"三下两下爬上了树,死死抓住那最低的一个树杈子。那裤子本来是解开了的,经这一爬一拉,一下子掉到了脚脖上,整个屁股都露在外面。这熊瞎子眼看李哆嗦上了树,也不着急,不慌不忙地抱着大树前后摇、左右晃,折腾了一阵子,看看没效果,便笨手笨脚地向上爬。这下可把李哆嗦吓得魂灵出窍了,一紧张,原先憋着的一肚子屎、一泡尿,全都"扑扑嗒嗒、哗哗啦啦"顺着光腚朝下撒落。

这熊瞎子正歪着头,用那只好眼向上看呢,"扑嗒"一蛋子热乎乎的东西不偏不倚正盖在眼上,它把头甩了几甩,好不容易睁开眼。刚想看个究竟,"哗啦啦"又是一股热水蒙在眼上,接着又是一堆臭烘烘的东西砸了下来。这一下可惹怒了熊瞎子,就见它慢慢地下了树,掉转头来,屁股向上,倒着向树上爬。

李哆嗦听人说过:这熊瞎子的屁股挺厉害的,皮粗肉厚,它若捉着了活人是不急于咬你的,先要用那肥大的屁股坐在你身上揉来揉去,直到把你揉死才肯罢休。眼下看着这熊屁股越来越近,而李哆嗦已经筋疲力尽了。就在这关头,他忽然看到头上的树枝,心中来了一计,赶紧伸手拗下一根三尺多长的树枝,把那断头对着熊瞎子的屁股眼子,猛地一扎,又使劲一踩,就听那黑熊瞎子疼得"嗷"地一声嚎叫,重重地摔了下去,在地上打了几个滚,一会又翻身跃起,发狂似的往棒子地奔逃而去。

这次大难不死,李哆嗦又总结两条教训:一是以后解手一定要上厕所;二是以后白天也不要轻易下大路。

事后接连几天,屯子里白天黑夜都能听到熊瞎子那时远时近、时断时续的哀嚎。听着那阴森恐怖、毛骨悚然的嚎叫,人们都说:这是熊瞎子寻仇来了。为此,猎人们围猎了几次也没有结果;李哆嗦呢,被弄得终日心神不定,起居行走更是百般谨慎,白天绝不出屯子一步,天没黑就把门上得紧紧的,哆嗦得也更厉害了。

很快就到了秋收季节,李哆嗦找屯子里的领导商量干活的事。领导看他体力不行,就让他带几个小学生白天围着地边转转,别让猪羊什么的去毁坏庄稼。李哆嗦一听,浑身直来哆嗦,一个劲说"不行",说是宁愿留在屯子里,干脏活、累活都行,可千万不到村子外面去。正好,负责磨面机的李老头生病,领导就把这打面的活给了李哆嗦。

那天八九点钟,太阳老高了,李哆嗦才敢上工。他见人们都下地去了,心里又害怕起来:如果熊瞎子在地里待不住,跑到屯子里来可怎么办呢?李哆嗦心惊肉跳地走了一段路,忽然间他看到了前面伏着一个黑黑的大家伙,不由得浑身一个哆嗦,撒腿就跑。跑着跑着,感到不对劲,又疑疑惑惑地回过身子一看,原来那是屯子里废弃多年的一个大碾盘!

这样东瞅西看,他好不容易来到磨房。磨房的门不知被谁打开了。李哆嗦紧走几步,闪身进了屋,赶紧把门关上,又随手抓起那根粗大的顶门棍把门顶死。还觉得不牢靠,他又用铁丝把门和框绕上几圈拧死,这才稍稍舒出一口气来。当他猛地回过头来时,却一下子吓得差点儿憋过气去。这正是"冤家路窄",那只瞎了一只眼的老熊,不知什么时候跑进了磨房,正蹲在半人多高的小钢磨边舔面袋子呢!

那熊瞎子也发现了老冤家,这前有被砸瞎眼睛之仇,后有被捣破屁股眼之恨,如今你自己送上门来,还有什么客气的?就见那熊瞎子向前一蹿,双爪一扒,眼看就要搭上李哆嗦的肩膀了。

李哆嗦知道,大门被自己关死,再开也来不及了,好在有了上两次斗熊的经验,到了这种地步,再哆嗦也没用。他冷静地看了一下屋子里的地形,眼下唯一可以躲避的地方,是磨面机与房子西北角所构成的三角形旮旯,那儿离后窗不远,可能的话,可以破窗而逃。不过在那儿有一个电闸,倘若一不小心就会触电丧命。

李哆嗦在熊瞎子扑来的一刹那间,头一低,腰一弯,向里一跳,躲进了那个旮旯里。熊瞎子向着这个方向又是一扑,李哆嗦就势一蹲,老熊扑到了钢磨上,露出那白白的牙齿在李哆嗦眼前乱晃。可是熊掌伸来伸去,就差这么一点,怎么也够不着李哆嗦,气得它用爪子把个磨面机拍打得"啪啪"直响。熊瞎子一急之下就要从皮带边爬过来。李哆嗦正在绝望之时,忽然发现老熊的一只爪子正搭在钢磨与电动机相连的皮带里,顿时喊了声:"好!"一伸手合上了电闸。

只听电动机"呜"的一响,飞快转动的皮带一下子把熊瞎子的一只前爪夹在小钢磨的大轮子里。熊瞎子"嗷嗷"地一阵哀叫,扭动着身子向外猛拽那只爪子,它越拽那皮带夹得越紧,越拽那爪子越疼。老熊一股性起,猛地一挣,"晃啷"一下就把磨面机拽翻过来,正砸在熊瞎子的肚皮上。这一下可厉害了,熊瞎子被压在下面,动又动不了,爬又爬不起,只有那三个爪子乱伸,不住声地哀嚎。这下,李哆嗦高兴得一跃而起,抓起墙上挂着的一杆秤,捋下秤砣,照着熊瞎子那个笆斗大小的脑袋使劲砸去,一下子把它的嘴巴子砸得张了开来。李哆嗦又拿起秤杆,照着那张开的嘴巴子一阵猛捣,不一会,熊瞎子眼一闭,头一歪,一股黑血顺着嘴角流出来,再也不出声了。李哆嗦关上电闸,拧开铁丝,又搬走顶门棍,飞身朝外就跑。他到地里比划了半天,也没有把事情说清楚。等他带了人来看时,那熊瞎子已经死挺了。

这次大获全胜,李哆嗦又总结了一条至关重要的经验:熊瞎子也并不可怕,关键是自己要有信心,做人办事也要如此!

(苏金玉)

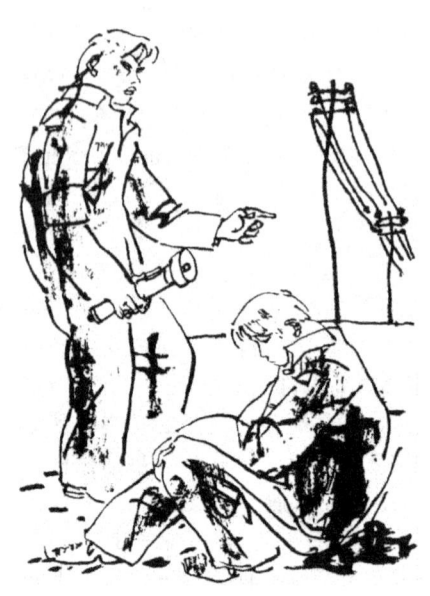

逃走的尸体

中心火葬场化尸炉要大修,两个月里不能火化。怎么办?总不能因为修炉,叫临死的人慢些断气,垂死挣扎两个月;也不能因此而关门停业,让死者家属自谋出路,来个"死人不管"啊!中心火葬场反复研究,决定请人帮忙,每天晚上八时后,将收下来的尸体运往远郊分场处理。

火葬场人员来到附近一个乡运输站,委托他们代招承包户,可是说来说去就是没人承包这生意。为啥?怕!

真的没有浑身是胆的英雄好汉了吗?当然不是。这一天,有个叫顾达光的运输专业户来接生意了。他一见火葬场人员就一撸长头发,伸出三个指头,每具尸体开价30元,有一具,算一具。火葬场人员一听,开价这么高,吓了一跳,要求降低些。顾达光咧嘴一笑，挤挤眼睛，撸撸鼻子，拉声拉腔地说："30元一具还高？哈哈，这可不是装青菜、萝卜，你们想想，装尸体要接触死人，病菌要影响本人身体健康，这是缩短寿命的生意，我少活一年，至少要损失一万二千元；夜里在郊外开车，前面漆黑一片，后面死人一排，我开车时高度紧张，脑细胞加倍死亡，这营养要不要补充？人参蜂皇浆，啥代价？鸡、鸭、鱼、肉，啥市面？再说，装尸体可不比装货，不好堆，不好叠，一车能装几具？这些账，你们算过吗？老实说，没有点牺牲精神，谁愿来接这折寿减收的生意？30元一具，你们嫌贵，我还吃亏呢！要运，来寻我，不运，就算数，你们看着办吧！"说完，两手一甩，扬长而去。

又是三天过去了，还是没人来承包。时间紧迫，不能再拖了，火葬场别无他法，只好决定找顾达光拍板成交。就在这个当口，有人向火葬场推荐，陆家宅有个陆文石，平时替人装货，价格公道，建议火葬场去找他试试。火葬场同志一听，喜上眉梢，立即问清了地址，就直奔陆文石家。

这陆文石是个二十五六岁的青年运输专业户，他身材不高，倒还壮实，为人随和，就是胆子特别小，一听请他装运死人，头摇得像拨浪鼓，变脸变色地说："不行，不行，我最怕死的东西了，小时候踢着一只死狗，发了三天寒热，现在你们叫我夜里去装死人，这不是要我的命吗！"火葬场同志道理说了千千万，好话讲了一大箩，他还是不肯点头。火葬场的同志倒也机灵，突然想到请将不如激将的办法，于是便假意冷笑一声，说："真没想到，年纪轻轻怕死人，居然这么迷信，没出息。"这话真灵光，陆文石顿时脸红了，头也不摇了。火葬场同志一看有苗头，决定趁热打铁，拍拍小陆的肩膀说："你放一百个心，我们火葬场的小姑娘，深更半夜一个人还洗死人呢，你这男子汉还不如个小姑娘？嗨嗨，装死人，安全太平。死人嘛，不吵不闹，不蹦不跳，不会挑精拣肥，不会说歪道好，车子停着没人敢偷，中途掉落无人敢拾。再说，死人复活的事就是真被你碰上了,你开车在前,装死人的车斗在后,尸体有塑料袋套着,他要走也走不上来,要发现,也得在到目的地之后呢。小兄弟,帮帮忙,你就支持一下吧!"说到这里,火葬场同志索性向陆文石摊了有人趁机提出高价装运的底牌。

陆文石低头想了好一会,才说:"你们找我帮忙,也是看得起我,我只好拼死吃河豚,就试试吧!"当下签订了合同,讲定运输费每车三十元。

就这样,每天晚上八点以后,陆文石开车到十里路外的中心火葬场装车,然后,将尸体送往40里外的分场,经过自己村庄附近三号桥时,停车回家吃点点心,喝口茶水,天天如此。很快两个星期过去了,平安无事,陆文石想想当初的顾虑,不觉好笑。

这天晚上,月色暗淡,迷雾茫茫,陆文石像往日一样,从中心火葬场装了六具尸体运往分场。谁知运到分场卸车时,尸体只有五具了,这下把陆文石吓得目瞪口呆:会不会是半路上震落的呢?想想不可能,车斗挡板一公尺高,怎么震也不至于把尸体震到路上去呀;那会不会是发运搞错,少装了一具呢?也不可能,今天都是自己亲手搬的,一次搬一具,一共搬了六次,清清楚楚!难道真的逢上死人复生的事了?可那尸体是用塑料袋套着的,就是活了,他跳车逃跑时,塑料袋总要抖下来留在车上吧,可现在车斗里却什么东西都没有。怎么办?死人既赔不出,又垫不上,看来只有一个办法:从原路去找。陆文石向分场同志打了个招呼,满腹忧虑地开着车子,冒着茫茫夜雾一路寻去。

尸体真的逃走了吗?说起来也是奇事一桩。就在二三小时前,公路上的雾气还没现在这样大,正当陆文石把车子停在三号桥附近、回家吃点心喝茶时,有个黑影摇摇晃晃地走到车子跟前,朝驾驶室里张张,往后面车斗里瞟瞟,然后一咧嘴,嘻嘻一笑,再朝前后左右看看,随即蹿上车,拖了一具尸体,往水桥下面一抛。看着尸体随着水流汆啊汆啊汆走了,他又咧嘴嘻嘻一笑,这才嘴里轻轻哼着小调，迈着方步，一摇二摆地往前面村子里走去。

等那人慢悠悠地走到前面村庄时，夜里的雾气小了，他突然发现前面的水桥头旁有个东西在水面上籴啊籴啊，不由心中一嘻：哈，运气运气，财宝籴到门前，这籴着的不是木料定是布匹。俗话说：籴来货，拿了富，不捞是戆大。他三脚两步，奔到水桥，蹲下身子，盘算怎样下手。他借着天上的月光、星光、水桥路灯的反光仔细一看，心里"咯噔"一跳，脚下一滑，"扑通"一声跌下河去。原来那籴在水里的东西，既不是财宝，也不是木料布匹，是他刚才抛下河的那具尸体。那尸体在水里籴了一阵，塑料包籴掉了，露出了真相，躺在水面上，面对面地望着他，水波一上一下，那胡须、头发一动一动，好像嘴巴也在一张一张地说："好哇，我在这里恭候你多时啦，快让我从水里上来，到火里去呀！"

那人要紧从水里爬上来，轻轻骂了一句"倒霉"，刚想把尸体推走，再一看，这不是本村的金牙阿四吗？他眼珠一转，自言自语地说："阿四啊阿四，这下好了，游泳游过了，身上也清爽了，我让你从'赴汤'到'蹈火'，请文石再为你服务一次吧！"于是，他把金牙阿四拖上岸，往肩上一扛，捎往陆文石家场地，正好发现文石家门口有根挂着晾衣裳的"节节高"，就把阿四尸体往上一戗，正好死人头被两根岔出的竹枝托牢，身子便稳稳当当地挺在那里。他前后一看，又咧嘴嘻嘻一笑，得意洋洋地哼着小调回自己家里去了。

再说陆文石开着车子一直寻到陆家宅，还是不见尸体影子，再看四周黑沉沉、静悄悄，心里不免有点发慌，连方向盘都把握不住，险些把车翻到沟里。他不敢再找了，打算回家休息一会，等天亮再想办法。他在村前停了车，垂头丧气地往家里走去，快到家门口时，猛抬头见一个黑影站在自家门口。他咳一声："哪位？"那黑影不回答，他又连问数声，对方就是不理不睬。陆文石的神经也开始紧张起来,他大声喝问:"你是谁?不要吓人!人吓人要吓煞人的!"那黑影还是不理不睬。陆文石咬咬牙,硬着头皮,朝黑影一步一步走去,就在他快接近那黑影时,突然"呼"一阵风迎面吹来,那黑影顺着风势直向陆文石迎面扑来。陆文石吓得要紧伸手去挡,一碰到对方,只感到冰冰冷、湿漉漉、硬邦邦的,他吓得肝胆俱裂,刚喊了一声"救命",人就昏厥过去。

在这更深夜静的时刻,陆文石一声急叫把村里人都惊醒了,大家要紧出来看,只见三天前送出去火葬的金牙阿四趴倒在地上,陆文石仰面朝天倒在一边,这一下真把大家弄得丈二金刚摸不着头脑。于是救人的救人,报案的报案,议论的议论,陆家门前场地上顿时人声嘈杂、热闹非凡。

天亮时,县公安局一老一少两个公安人员带了一条警犬,坐了越野车来到村上,这时,陆文石也醒了,便向公安人员报告了昨夜发生的一切。那位年长的公安人员沉思片刻,向年轻的那位耳语几句以后,就让警犬嗅了几下尸体,然后发出了搜索的命令。只见警犬嗅嗅陆文石,又嗅嗅金牙阿四尸体,便向周围看热闹的人群搜去,吓得大家缩手抽脚,纷纷后退。不一会儿,只见警犬咬住一个人的裤脚,"汪汪汪"地叫了起来。

那么,警犬拉出来的人是谁呢?原来他就是那位开高价运尸的运输专业户顾达光。这时,顾达光被警犬拖出人群,已吓得面如土色,魂不附体,结结巴巴地说:"我、我……交、交代,我没、没有杀人,我、我只不过丢、丢……了个死……人。"公安人员把手一招,叫他到村办公室详细交代事情经过。一小时以后,逃尸事件便真相大白。

原来,顾达光到嘴边的一块肥肉被陆文石以30元一车的低价揽去,他肚里那火就不用说了,但又不好明说,他暗暗发狠骂道:老子一具尸体30元,一车就几百元,你倒好,30元一车,这不是硬抢我的生意么!哼,你等着吧,看我怎么收拾你!也叫事有凑巧,昨天晚上他从镇上喝饱老酒回家,见陆文石车子停在三号桥,就趁着酒性搬尸下河,想叫陆文石急得肚肠断脱,吓得心跳乱脱,寻得眼珠落脱,累得手脚软脱,让他名气臭脱,牌子倒脱,再赔掉一笔钞票,做上几次检讨,从今后不敢再搞运输。可是没想到,那个尸体又随着水流汆到水桥头,于是他把阿四捅到陆文石门口,想再吓他个一佛出世,二佛投胎,出出自己心里的闷气。

顾达光交代完毕,公安人员说:"走,跟我们上车!"顾达光慌了手脚:"我、我没有杀人,我……扔了个死……人,扔死人也犯罪吗?"公安人员说:"你盗窃尸体,污染水源,破坏生产,扰乱治安……"公安人员这四句话,"嘣、嘣、嘣、嘣"像四记闷棍,敲在顾达光的头上,他身上汗水直淌,眼前金星直冒,耳朵嗡嗡作响,身体瘫倒在地上。

这事发生以后,村上人编了一段顺口溜:达光达光,做事荒唐,害人害己,苦果自尝。

(华伦其 赵克忠)

"清——甜（个）绿豆沙嘞……"

这夜市上绿豆沙生意最好的就数矮子张。矮子张有一副响亮的大嗓门，他在京剧团里原是学花脸的，可是他的身材不争气，老长不高，加上平时又怯怯懦懦的，所以一辈子也没唱过一回主角。幸好那时候有大锅饭吃，总算稀里糊涂地混到五十多岁退了休。别人退休都忙着发挥余热，该发的都发起来了，可是矮子张一无本钱二无胆子，守着一百九十多元退休金虚度了几年时光，直到去年看见夜市红红火火地热闹起来，才动了心思。经过半年多的考察谋算，终于下决心做起绿豆沙生意来。

矮子张别无所长，就是喜欢自己动手搞点家常小吃。绿豆沙是京剧团里的常备夜宵，因为能清火润嗓，矮子张爱吃，也爱自己做,想不到现在竟成了赚钱的手艺。

由于"下海"太迟,好摊位都叫别人占了,他只好挑着担子四处"游击"。不过他有一副好嗓子,而且中气尚足,只消用上三分劲,那清亮悦耳、抑扬顿挫的吆喝声,就足以让半个夜市中吵嚷嚷、乱哄哄的人们一齐扭过头来,这力量一点不比那些漂亮影星做化妆品广告的效果差。

矮子张心细,每逢上演叫座的电影,电影院晚上都要加场,这样一过了12点钟,别人都收拾家伙回去了,矮子张却不动声色,悄悄地将担子落到街口别人空出来的地方,等最后一场电影散场,总能卖上个十几二十碗的。

今晚附近的大光明电影院放映《秋菊打官司》,矮子张又跟往常一样,在街口处安安稳稳地等着散场。

"绿豆沙!要大、大碗……"

矮子张一惊,抬头只见一个大块头青年站在摊前,一阵浓烈的酒气扑到矮子张脸上,虽然路灯昏暗,矮子张也好像看见了对方血红血红的两只眼睛。

大块头一连喝了两大碗绿豆沙,末了摸摸衣袋,并不见掏出钱来,只是嘟哝了一句,就走了。

这种人,矮子张也不是头一回遇上,除了忍气吞声,别无良法。报告警察么?嘿,大不了关他几天,等到他放出来,你就等着砸摊子挨刀子吧!

大块头没走多远,一屁股坐在街沿上,怪声怪气地唱起来了,一会儿是"爱得死去活来",一会儿是"这点痛算什么"……唱着唱着,忽然又很伤心地抽泣起来。过了一会儿,只见他掏出一把几寸长的弹簧跳刀来,"啪"地打开,又"刷"地收拢;又打开,又收拢……嘴里还咬牙切齿地骂街。

矮子张一看这阵势,预感到有不祥的事情要发生,三十六计,走为上策,他当机立断起身收拾家伙。

　　但是已经来不及了。对面小巷口出现了一位小个子青年，正朝这边走来。矮子张不知道他的姓名，只知道他每天晚上八点钟左右挟着一个黑皮讲义夹从这里走过，到深夜这个时分就回来了。听人说这是一位中学教师，也是搞"夜市"的——去给什么成人自学考试中心上辅导课。

　　大块头等小个子走近，猛然站起来，将刀收起，袖子一捋，迎面堵住：

　　"你认……认得老子吗？"

　　"你……不认识呵。"

　　"啪！"大块头一记耳光打了上去。

　　"你……怎么平白无故打人？"

　　"打人？今天老子要你的狗命！开你娘什么辅导班，把老子的女朋友也……辅导走了……老子是……好欺负的么？"

　　"通"又是一拳。

　　"哎哟！你别……乱说，我……也是结了婚的，怎么会……"

　　"结了婚的……更坏！第三者！我要你……"

　　"什么叫第三者你懂不懂？真……混！"

　　"我不懂？我混？反正，她讲过……她不愿意……跟我好了，我……也不想活啦……"

　　这最后一声简直像荒野上的狼嗥，矮子张听得毛骨悚然。接下来，他看见两个人在摊前扭作一团，打了起来，小个子当然不是对手，只有挨打的份儿，不时发出绝望的呼救声。

　　矮子张浑身的血液都像结了冰，他本想挑着担子快快离开这是非之地，但现在他的心被小个子的命运拴住了。眼见跟自己一样的弱者被欺凌，他比别人倍感不平，但他既不敢喊，更不敢上前劝解。就这样，他一会注视着眼前的搏斗，一会瞟瞟空旷的大街，巴望有人闻声来救。但是偶尔有一两个人路过，一看这场面，不但不来干涉，反而加快脚步溜之大吉。

就在这时候,大光明电影院散场了,矮子张顿时觉得有了一线生机。大概大块头也意识到了,他腾出一只手来掏出弹簧跳刀,"啪"地打开,就朝小个头头上戳去,小个子慌忙用两只手死死扼住大块头握刀的手腕……

"住手!"矮子张不知哪来的勇气,拼力大吼一声,如同晴天里响起个霹雳,路灯也似乎忽闪了一下,连摊板上反扣着的一垛碗也实实在在地歪倒了,最上面的一只掉到地上,摔得粉碎。

大块头愣了一下,小个子趁机猛力一推,返身跑上了大街,一转眼无影无踪了。

大块头没有去追,木头似的呆站了一阵,忽然回过头来,用血红的眼睛瞪着矮子张。

"坏了!"矮子张刹那间感到了新的恐怖,刚才大吼一声实在是来不及考虑这一后果的,现在可要看自己的乖巧和运气了。

"小师傅,"矮子张沙哑着嗓子叫了一声,"你们两人的事,本来我不该管,但是你们这么一拉一搡,万一……碰翻了我的摊子,那我一家一当不是……什么都完了吗?"

"什么都完了……什么都……完了?都……完……"大块头机械地重复着这一句话,一阵晚风吹过,他打了个寒噤,似乎支持不住,颓然坐到地上,抬头望着夜空,像是在数星星。

矮子张连忙舀来一碗绿豆沙,端到大块头面前:"来来,再喝一碗,解解酒。"

大块头双手接过碗,一小口一小口地慢慢品尝,好像这一碗绿豆沙特别香特别甜,剩下一口还没喝完,他突然抓住了矮子张的手腕。

矮子张头皮一麻,想叫也叫不出声了。

"你是个好人,大好人!你救了他,也救了我……不然,我一刀下去,什么……都完了,都……完了!"说着,又抽泣起来。

"今晚吃了你几碗绿豆沙,身上确实没……没钱了,明天……加倍……还你!"

"不要,不要,"矮子张惊魂初定,又似乎受宠若惊,"你清醒过来……就好,就好。几碗绿豆沙算什么? 我多掺一勺水罢了。俗话说,浪子……"矮子张发现自己又说远了,赶快将舌头打住。

大块头走了,又有人来买绿豆沙了,矮子张又忙碌起来。不知是心有余悸还是心有余喜,他的两只手哆嗦个不停,碗里的绿豆沙溢出来,把摊板上洒泼得湿漉漉的,惹得几位老顾客又好气又好笑。

(黄忠远)

人命关天

　　太平火葬场青年驾驶员小竹,是个十足的蟋蟀迷。他家祖上三代玩蟋蟀,轮到小竹,更是强爷胜祖,不管是青麻头、红麻头、中国种、外国种,他一眼就能识别。因此单位里一帮蟋蟀迷都想拜他为师,跟着他到野地里去捉蟋蟀。

　　今年秋风一起,小竹就和本单位的化妆工阿林和火葬工大牛合伙斗蟋蟀。他觉得凭着他的经验,加上阿林、大牛的干劲,要赢点钱是稳的。谁知中秋节以后,三人到外面连斗数场,场场大败而归,总共输掉五千元,输得三人昏天黑地。

　　小竹心里捉摸开了:讲品种,我捉的几只蟋蟀都是上品;讲经验,我有祖上三代绝招,怎么会连连大败呢?三人研究来研究去总算看出问题来,原来这几只蟋蟀是在火葬场里捉的,由于长期受到火葬场里哭声、哀乐声的干扰，蟋蟀精神上受到一定的刺激，关键辰光总是提不起精神来，于是就一败涂地。他们觉得要想打翻身仗，必须到火葬场外面去捉。

到哪儿去捉呢？三个人东打听、西了解，打听到西郊辣椒乡辣椒村辣椒生产队有一块辣椒地，地里的蟋蟀十分辣手，而且辣椒地旁边有一爿制药厂，专门生产太阳神营养液，蟋蟀吃了厂里溢出的太阳神废料后力大无比，刁钻凶狠。三个人一拍大腿，决定立即前往辣椒乡捉辣椒蟋蟀。

正巧小竹开的车子第二天要去验车，他就约好阿林、大牛下班后在老地方等候，他借验车之便开车前去。

快到下班时，小竹把一切工具准备停当，正要开车出发，只见火葬场场长老金急急走来，找小竹有事。

原来，老金的外甥也是个蟋蟀迷，前天捉蟋蟀时被毒蛇咬了，因没及时治疗死了，明天上午九时开追悼会。因这几天天气闷热，老金特地来叫小竹把外甥的尸体拉到火葬场冷藏起来。老金递给小竹一张纸条，上面写着他外甥家的地址。

小竹看了看手中的纸条，心里暗暗好笑：捉蟋蟀捉掉性命，这小子够倒霉的了。他觉得这小子是场长的外甥，不去拉不行，于是开了火葬场的车先到老金外甥家，把尸体搬上担架推进车里，然后加大油门直奔老地方。

大牛、阿林早已候在那儿，小竹说声："快上车。"两人打开后门刚爬上去，就吓得"妈呀"一声又跳下车，冲着小竹嚷道："你是怕我们三人捉蟋蟀太冷清，弄个死人来凑热闹啊?"小竹连连解释，把老金外甥之事讲了一遍。

阿林一听就摇头："你不要开玩笑，拉了死人一道去捉蟋蟀，我们没这么好的胃口。"小竹说："你们放心，死人我有办法处理，既然你们不肯和死人呆在一起，那就来驾驶室和我这活人挤一挤吧。"等两人上了车，小竹开了车子就走。

那么,小竹打算怎么处理老金外甥的尸体呢?原来小竹早已想好一个大胆的计划:既然是场长的外甥,这事马虎不得,但要拉回火葬场最快要两个多小时,这样就耽误了捉蟋蟀。反正追悼会要明天上午九时开,我只要九点以前把死人送到就没事。现在西郊一带新建的空公房多得很,而且楼高通风好,他准备委屈一下死人在此住上一夜,等捉好蟋蟀再车他去火葬场,这样一举两得,万无一失。

车子很快开到一幢新建的公房前,三个人看看四下没人,就把尸体抬到三楼一套大套间门前,撬开窗户翻窗而人,把尸体从担架上搬下,放在房间当中的水泥地上。阿林掀开死者身上的白布,一看死者大约三十岁上下的年龄,五官端正,一身西装,还戴着领带,他"扑哧"一笑,说:"小竹,你看,这只死人面孔和你很像呢。"大牛一看也笑道:"像!像!像一只模子里刻出来的。"

小竹眼一瞪:"去、去、去!"他把窗、门全部打开,然后三个人说说笑笑回到车上,直往辣椒村去捉辣椒蟋蟀了。

谁知他们三人前脚刚走,后脚又有三个人光临这间房间。你道三人是谁?他们是外地来此拾荒的,这新建公房是他们投宿目标,既不用花房钱,又清爽安静。为首者绰号叫"苏北阿三",这三楼的大套间就是他的"宫殿"。

他们来到大套间门口,见门窗开着,感到奇怪:是谁捷足先登,招呼不打一声就来抢地盘?阿三不管三七二十一,闯进房间,只见正当中地上躺着一个人。他想这小子倒舒服呢!上前就是一脚。谁知不踢也罢,一踢吓了一跳,见那小子一动也不动,竟是一个死人,这下把三个拾荒者吓得逃出门外。

他们仓皇地逃到楼下,阿三猛然想到会不会是有人要栽赃陷害他们?如果是的话,我这一走,以后有嘴说不清,弄不好还要蹲大牢、掉脑袋。他想了想,决定到派出所报案。

派出所接到报案,立刻赶到现场勘察,法医现场分析,死者不像是被凶杀,倒像是被毒蛇咬伤而死。那么死者是谁?尸体怎么会放在这儿呢?警方决定先把尸体和阿三等人带回派出所。

再说小竹、阿林和大牛三人实实足足捉了一个通宵的蟋蟀,直到清晨四点,三个人才草草收兵,驱车赶到新建公房。三人上了三楼大套间,推门一看,尸体没了,里里外外、上上下下找了几遍,就是不见半点影子。三个人你看我、我看你,心想:这下闯大祸了!尸体找不到,九点要开追悼会,死者家属不见尸体,还不吵翻天!

突然,阿林想起了什么,两眼盯着小竹说:"小竹,我看现在只有一个办法可解眼前之急,就是不知……"

此时小竹比阿林、大牛更急,他见阿林说话吞吞吐吐,就打断他的话说:"阿林,啥办法?快讲!""小竹,我看只有这个冒险办法,你的面孔确实像那个死人面孔,年龄也差不多。我跟师父也学到点化妆功夫,你就委屈一下装装死人,只要过了追悼会这一关,这事就算过去了,你说好不好?"没等小竹开口,一旁大牛顿时高兴得直跳起来:"阿林这办法好!妙!"

小竹朝大牛一翻眼,说:"好个屁!叫我装死人,你俩倒开心!"但又一想,谁叫自己的面孔不像张三不像李四偏偏像死鬼!看来要过眼前这一关,也只有这个办法。但小竹又不放心地问:"阿林我……我一紧张就要浑身发抖,万一开追悼会时我一动,人家一看死人活过来,要吓煞人的。""这你放心,我去搞点安眠药给你吃,保你一动也不动。""阿林,我还有点不放心。"阿林忙问:"还有啥事不放心?""我吃了安眠药一切都不晓得,大牛憨头憨脑的,到时他手忙脚乱,把我当死人往火里一推,我死得岂不冤枉?"

大牛一听,忙拍拍胸脯说:"小竹,你放一百个心,我再憨,也不会憨到把你送往西天的,我一定会像保护马王堆女尸一样重点保护你,你就帮一次忙吧。"事到如今,小竹再也想不出其他办法,只得自己做一次活死人了。

这天快九点时,太平火葬场最大的仙鹤厅特别热闹,大厅上面写着:杜伟天同志追悼大会。居中花圈丛中一幅二十四吋黑白遗像,下面是一只放尸体的玻璃罩。厅内人头攒动,哭声不断,最伤心的要算老金外甥他爱人杜夫人了,直哭得死去活来、天昏地黑。

停尸房里,大牛、阿林为小竹做好了一切准备,看看躺在停尸车上的小竹一动不动,活像一个死人,阿林就拿来一块白布,把小竹从头颈到脚跟盖了起来,然后和大牛一前一后把车子推了出来。他们到了哭声震天的大厅里,把小竹推进玻璃罩里。

这玻璃罩死人进去没事,可活人进去不透气就会闷死。因此阿林事先找来一副象棋,拿了四只小卒子,垫在玻璃罩四个角上。这样四周就留出一条细小缝隙。有了空气,小竹躺在里边就会平安无事。两人盖好玻璃罩,就一左一右守在旁边。

场长老金一看外甥尸体已到,便主持开追悼会,在一片凄然的哀乐声中,追悼会进行到最后一个议程,向遗体告别。随着人群一批批走过,阿林和大牛心里的石头也慢慢在往下落。谁知没等他俩心中的石头落到地,突然,杜夫人像发了疯似地扑到玻璃罩上,边哭边喊道:"小杜啊小杜,你这一去,叫我们娘俩今后怎么活呀……"

这个突然袭击,使阿林和大牛大惊失色,想拦已拦不住了,只见搁在小卒子上的玻璃罩连同躺在里面的小竹一起"哗"翻倒在地,"啪啦"一声,玻璃罩撞得粉碎。众人一看全傻了眼,只见地上的死者,上身穿了件旧军装,下面穿一条旧军裤,脚上穿一双满是泥土的旧球鞋。这身打扮简直就是"文革"中的造反派。

杜夫人被这情景惊呆了。但她很快回过神来,一想,不对呀!送来的时候是西装革履,怎么现在弄成这副模样?肯定是有人贪财起黑心,不行,我得把这事弄清楚。她上前几步想看个究竟,不料脚上踩着什么,一滑,"啪"来了个四脚朝天。再一看,脚下是只小竹筒,竹筒被踩破了,里面"刷刷刷"跳出七八只蟋蟀。辣椒蟋蟀果然身手不凡，它们乌光锃亮，又粗又壮，个个横眉咧嘴，对着众人"喔……喔……"叫个不停，弄得杜夫人哭笑不得。

杜夫人正要起身找场长娘舅问罪，谁知倒在地上的小竹经这么一翻一跌，已醒了一半，他伸个懒腰，从地上坐了起来。这下可热闹了，只听"哗"一声，人们争先恐后一边往外逃一边叫："不好了！死人活了……"杜夫人吓得昏了过去，场长老金也吓得不知所措。

大牛和阿林一看，暗叫一声：坏了，这下全完了！

正在此时，又听"呜呜呜"一辆警车在大厅门口"嘎"地停下，从车上跳下五个民警，抬着担架急匆匆走进大厅。一个民警大声喊着："请大家不要乱，这儿谁是场长？"

老金忙上前答道："我……我就是场长，你们……""喔，你就是场长，请问这是不是你们火葬场抛在外面的尸体？"民警指着担架上的尸体问老金。老金一看愣住了：这到底是怎么回事？

大家要问，怎么派出所会找到太平火葬场呢？原来那块盖尸的白布是太平火葬场的，派出所民警就把死尸送上门了。

此时小竹完全清醒了，他睁眼看到四周全是戴黑纱的人，又看到四五个民警正和老金在谈话，旁边担架上放着自己要找的尸体，知道事情已经闹大，不说清楚事情前后经过，恐怕要跟民警去派出所住几天了。所以他赶紧爬起来，一步三摇地向老金走了过去。

老金一见，吓得连连后退，嘴里惊慌地喊："你……你不要过……"小竹说："场长，你不要怕，我……我不是你外甥，我是小……小竹，我……我闯大祸了！"小竹把事情前后经过统统倒了出来。说完，双手抱头往地上一蹲，说："场长，我错了，你处分我吧！"

（黄震良）